U0046187

GOBOOKS
& SITAK
GROUP©

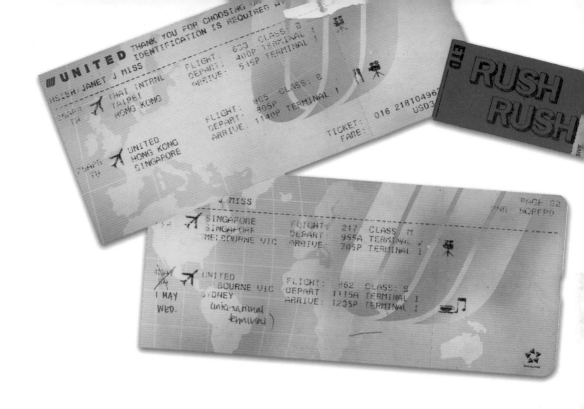

TRAVELING
WITH
100
TOOTHBRUSHES

**Janet**
帶一百支牙刷
去旅行 ✈

【推薦序】

# 我想和Janet一起環遊世界！

林依晨

　　第一次看見Janet是在螢光幕上。她正主持著她最廣為人知的旅遊節目「瘋台灣」。

　　從此，我喜歡上她的純真、率直、熱愛生命與堅持活出自己想要人生的態度。後來我直接跑到「學學文創」聽她演講，結束之後跟她交換電話號碼，簡直就是刻意搭訕。

　　Janet和我是截然不同的兩種類型，她的熱情、直接、人來瘋以及面對感情時果決而勇於嘗試的態度，總教我佩服不已。

　　我常常聽她口沫橫飛地述說著學生時期曾經嘗試過的精采歷程（到厄瓜多當義工之類的）、最近忙的事，或是三十歲以前要挑戰完成的事（ex:鐵人三項等等）。

　　我常在心裡驚呼：這個大我沒幾歲的女孩怎麼會有這麼旺盛的精力和好奇心？她彷彿不怎麼需要醞釀，隨時隨地都是"I am ready!"的狀態。

　　我最喜歡看著她笑笑地說：It's ok!因為那同時會幫我充飽電、打滿氣。

　　若是問我最想和誰去環遊世界？沒有男朋友的話我就選Janet啦！為什麼？看看這本書裡她對生命的尊重與熱愛，對世界充滿好奇心和關心，你就會明白！

# 看Janet聊旅遊，
# 可能比你自己去玩還開心！

## 小S 徐熙娣

Janet 是我認識的人當中最熱愛生命的，我覺得她的每一天都活得很用力。

聊旅行，她愛每一個國家；聊美食，她愛每一種食物；聊電影、聊書，她可以講得口沫橫飛；連聊我女兒時都感覺她挺享受的！

在她身上你找不到頹廢、懶散之類的負面情緒，她就像一顆太陽，所到之處盡是溫暖熱情！我真的沒看過比她更適合主持旅遊節目的人！如果是我主持這類型的節目，應該會一直在節目裡發脾氣罵髒話吧！

【推薦序】

# 化為文字的美麗！

詹仁雄

在娛樂界因為我，而讓更多人認識的人實在不少，Janet是其中一個，但我會經常提起，沾沾自喜的人卻不多，Janet也是其中一個。

嚴格來說，我跟她，不熟……愛提她，純粹是很開心自己的眼光得到印證，更高興大家也看到她因為外景而灰頭土臉下的熱情。

乾淨溫暖的熱情，在這個注重外貌跟包裝的行業裡，格外珍貴。在我眼中，Janet是真的漂亮……現在她的美麗化成文字，讓我們可以逐字分享，不必受限稍縱即逝的電視，這很棒。

我希望這本書賣得好，雖然俗語常說成功不必在我，Janet的受歡迎跟我沒啥關係，但更多人因為這本書知道她是我發掘的，我就不用再浪費口水講這件事了。

P.S.演藝圈人，上了年紀都很愛提自己眼光好……

"You can only live once, but if you do it right, once is enough." ——Mae West

To Kevin P. Chao, in loving memory.

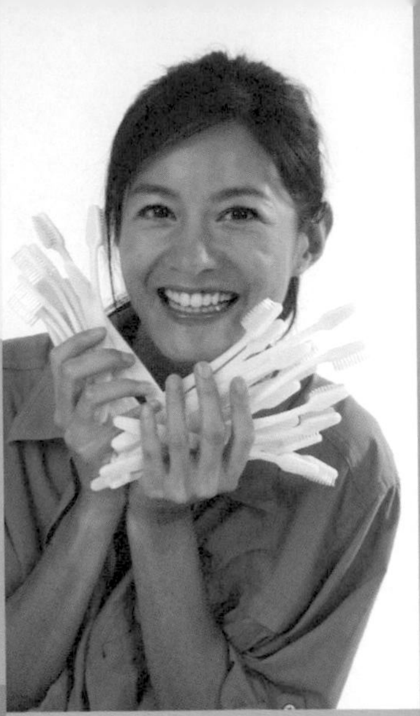

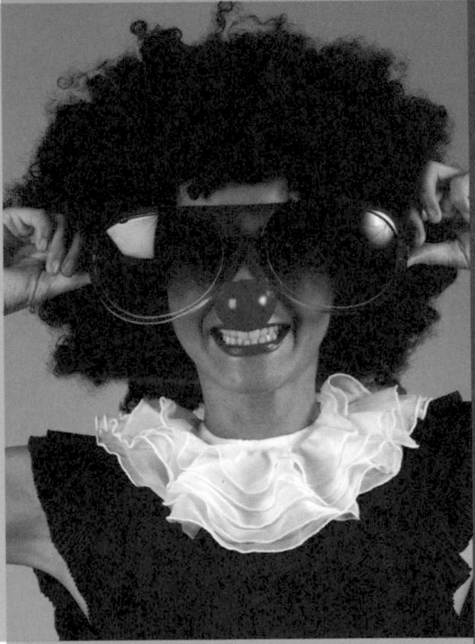

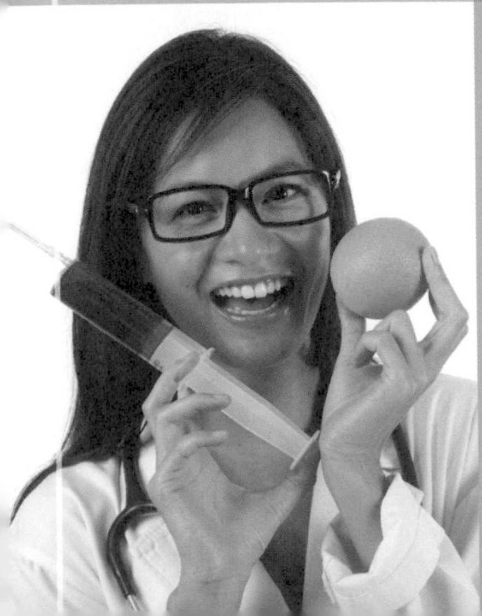

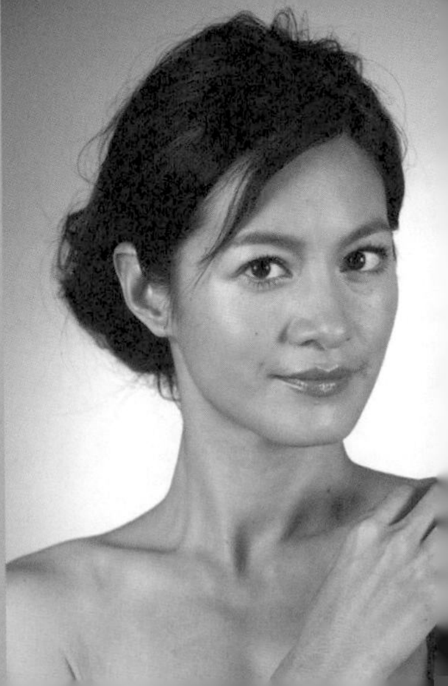

# Contents

## Part 1   Bitten by the Travel Bug

**10**   Brain Fart
〈前言〉腦袋一片空白

**14**   Bitten by the Travel Bug
被旅行蟲咬了一口

**18**   Let the World Be Your Playground
把世界變成遊樂場

**22**   My Older and Wiser Sister
英明又睿智的姐姐

**28**   How to Properly Give Your Parents a Heart Attack
小心翼翼地……讓父母心臟病發

**32**   Free Car Wash
免費洗車

**36**   How to Become a Doctor in Just Three Days
三天學會當醫生

## Part 2   Off the Beaten Path

**38**   A Brush with Influence
一支牙刷的影響力

**42**   Lessons from a Papaya
那些木瓜教我的事

**50**   How I Fell in Love with a Frenchman
我的法國之戀

**54**   Roman Gladiators
羅馬競技姊妹花

**62**   Making a Splash in Hawaii
跳進夏威夷瀑布裡

**68**   I Am a Clown
我的小丑生涯

**72**   Oops! I Think This Is Paraguay!
一不小心就到了巴拉圭！

# Contents

76    Travel Survival Guide
旅行生存指南

80    Brazilian Christmas Present
巴西的聖誕禮物

86    Changing the World, One Carrot at a Time
一根胡蘿蔔就能改變世界

94    The Train Is Where?
印度火車哪去了？

98    Indian Pickup Lines
印度式求婚詞

102    Off the Beaten Path
未走之路

106    A Sore Subject
很痛的一堂課

108    I Will Bless You
我將保佑你

110    Meditation: Better than Sitting Around Doing Nothing
靜坐好過什麼都不做

114    When Work Is Child's Play
這份工作是……陪小孩玩

116    Desert Pee
沙漠之尿


Part 3   Let the World Be Your Playground

122    Between the Sheets
一些床上的事

130    How to Pack
打包行李二三事

136    Beauty On the Go
旅程中的美麗秘訣

142    Just the Right Number of Kisses
親幾下才不失禮

146    Who Needs to Learn How to Say "Hello" When You Can Say . . .
比Hello更實用的問候語

150    The End of the Beginning
後 記

# 腦袋一片空白Brain Fart

從我學會打字開始，就一直想寫一本書，不對！應該是在我學會打字之前，從我自己獨自旅行寫遊記開始，我就想寫一本書。寫書這件事，躺在我的「待完成事項」的清單上很久很久，只是萬萬沒想到，我出版的第一本書，居然是本中文書。

我很喜歡寫東西留下記憶，過去寫給朋友或者筆友的信件，一口氣就是五頁，一次寫完，我可以坐在電腦前好幾個小時，記錄日常生活、旅行遊記、新的豔遇、難忘的經歷等等，或是寫下腦袋裡想的任何東西，想到什麼就寫什麼。

我對我的遊記十分自豪，我喜歡把旅行中的點點滴滴，遇到的新鮮事物，有趣的人或經驗，透過電子郵件分享給所有的朋友。偶爾也會當著朋友的面用誇張低級的手勢和語調演出。

終於我多年的夢想即將實現，高寶出版社願意幫我出書，我的製作人願意用我的風格和口吻翻成中文，增添及保留文章有趣的一面。二十八年的旅行（其實是二十九，因為我媽媽就算懷孕也很愛到處跑），我有數百萬字的文章，N萬張照片，四十個國家的閱歷，當我安靜下來準備把所有的東西整理給出版社的時候，我卻發現，我的腦袋正在放屁。

你們一定覺得莫名其妙，什麼是腦袋放屁，英文叫作 brain fart，brain是腦袋，fart 是放屁，英文 brain fart 就是腦筋一片空白，你應該也有過這種經驗，平常文思泉湧，機智聰明，真正到了最關鍵的時刻，卻是一片空白。然後，我想要把一片空白這件事寫成一篇文章，結果還是一片空白。

有人說，你只要寫，想到什麼寫什麼，不管有多麼無聊多麼無趣，只要一直寫，就會寫出有趣的東西。我想你看到現在應該

知道，很明顯的這個「有趣的」時候還沒到，於是在奇蹟出現之前，我想你大概也沒什麼選擇，只能先看看關於跟放屁、拉肚子有關的瑣事，也不知道為什麼，我好像特別鍾愛這兩個主題，真是百思不得其解。不知道 brain fart 是從哪裡來的？就像 go dutch 一樣，為什麼去荷蘭是各付各的意思？這種莫名其妙的組合，讓語言變得很困難，或者你也可以說變得很有趣，這也是我喜歡學習語言的原因之一。豐富多變、看似隨機但是一定有其原因、跟著潮流變化、可以明確的表達你從哪裡來。例如我只要講一次 Y'all，你就知道我是布希的老鄉，德州來的牛仔。

當你在閱讀這本書的時候，請準備

我是否有提過我在中文裡面發現的有趣笑話呢？例如：剛剛教完（肛交完）英文、下麵（面）給你吃、你要不要跟我上船（床）、我找公館（鋼管）、幸運（性慾）、水餃多少錢（睡覺多少錢）。

好跟我一起到各地旅行，遊覽各國的奇風異俗，嘲笑我發生的慘事（別含蓄，最好笑到鼻子噴出果汁），從我的錯誤中學習，和我一起驚喜與感動，或是納悶我到底在胡說八道些什麼。我希望這本書帶給你的，不只是我去過哪些地方，看過哪些人，做過哪些蠢事。我更希望藉由這本書，告訴我的朋友（就是你囉）關於我在旅行中學習與成長的故事。

如果你們願意的話，請用這本書來認識我。

This book is me.

Janet ☺

2010

The world is a book, and those who do not travel read only one page.—St. Augustine

世界是一本書，不旅行的人只讀了一頁。

# Part 1

Bitten by the Travel Bug

# Bitten by the Travel Bug
## 被旅行蟲咬了一口

　　你是否曾經想過為何英文裡「旅行成癮」稱為 "bitten by the travel bug"？我有個很好的解答——當你在森林裡散步、在後院烤肉、或是夏日的溪邊野餐，最讓你咬牙切齒，恨之入骨的，就是那種小小黑黑又充滿病原的吸血怪物（就是小黑蚊啦）。當你沒帶防蚊液而讓衣服外的鮮嫩肌膚、臉，甚至耳朵裡面都變成牠們的大餐時，那種非抓不可的感覺就跟旅行上癮一樣，抓起來很舒服但是越抓越癢。一旦被旅行的小黑蚊咬上一口，恭喜你加入我的行列，終身必須用旅行來止癢。

　　探索無數的城市、品嚐各種的美食、邂逅各地有趣的人物，當我透過旅行認識越來越多的異國文化與風情，我就越是停不下來，越想出走。那是種無可救藥難以自拔的感覺，就跟被小黑蚊叮到一樣癢，但這種癢的感覺很不錯。

　　我曾認真想過到底為什麼，為什麼我會旅行成癮？難道是基因的問題？還是在我成長的過程中逐漸累積發展的呢？我找不到絕對的答案，但是我很確定，非常非常的確定，我親愛的家人一定是幫兇。

　　我的父母親都非常有冒險犯難勇於嘗試的精神，我媽咪是她全家族第一個拿到機車駕照的女生（雖然在學習過程出了點小小的意外，她撞上了水泥牆）。當我老爸（當時還是男朋友）說要去美國德州念研究所的時候，她連想都沒想，直接跟我爸說：「酷！一起去吧！」

　　我對旅行、戶外活動、運動、大自然、以及探險的熱愛，都是遺傳自我的父母，是他們灌輸給我的觀念。可能是因為工程師的背景，爹地非常重視行程

規劃。旅行前，我們會花上幾個小時，仔細研究ＡＡＡ地圖（美國專門提供開車旅行者詳細交通食宿資訊的書籍），找出每一條路線，弄清楚路到底通往哪裡。

我們家花錢的順序很簡單：存錢上大學、存錢旅行，花完這兩項，基本上也就沒什麼錢。所以家裡沒有名車，沒有有線電視，沒有名牌衣服，也沒有最新的電子遊戲機之類的東西。

至於我老爸對旅行的熱忱，應該是遺傳我奶奶（她是個讓人讚歎的女人，我們都用台語叫她「阿嬤」）。我阿嬤在高雄鳳山出生長大，個頭非常嬌小，四呎一吋。阿嬤的爸爸也就是我的阿祖，是鳳山茶公司的老闆，家境富裕。對我們來說，阿嬤不但漂亮有頭腦，更重要的，她有一個勇於冒險的靈魂，獨立自主，渴望探索更多新鮮的事物。

在她的年代裡，女人念幾年書，學會烹飪縫衣服，嫁個好人家，至少生六個孩子，撫養孩子長大完成學業，幫小孩完成終身大事，是當時傳統台灣女人應該要走的一條路。在那年代，不要說是女孩，就算是男生，也很少受過中等教育，更別說是一個人獨自出國求學。

我的阿嬤就在那保守的年代，瞞著父母親申請日本的學校，同時也順利地拿到入學許可到日本念書。結果呢？結果是她的父親把她從日本拖回台灣，然後阿嬤就嫁給了我阿公。日本念書的挫折並沒有澆熄阿嬤的熱情，在小孩還小的時候，她開始學葡萄牙文，因為她想要移民到巴西。之後她又學習法文，然

左上：童年時在布萊斯峽谷（Bryce Canyon）
右上：阿嬤與我在新墨西哥的白沙國家公園
下圖：被旅行蟲叮上的謝氏家族

後在中非的比屬剛果（之後變薩伊，最後成為今天的剛果共和國）住了四年。

我的爸爸、媽媽、還有阿嬤可能沒有想到，他們帶著年幼的我以及我姐姐四處旅行的時候，不知不覺中，我們開始對異地風情、不同的文化產生興趣，我們學會不同的語言，還有新的髒話，旅行讓我們了解，原來在學校制式的課程之外，這世界還有許多值得去探索與學習的新鮮事物。

所以，西元二〇〇二年，因為想要繼續旅行甚至環遊世界，因為想要當模特兒體會另外一種生活，我決定放棄醫學院回到台灣，我的爸媽雖然大力反對，但是坦白說他們實在怨不了誰，因為我最親愛的父母，就是讓我對旅行與冒險上癮的小黑蚊。

　　旅行小黑蚊也叮上了謝氏家族的下一代，我的姪子Ian，在他十個月大的時候，已經去過中國、香港、台灣、菲律賓、塔吉克、美國德州、紐約、科德角、波多黎各、聖基茨、巴貝多、安提瓜、聖露西亞、多明尼克、聖托瑪斯、西班牙、芬蘭、瑞士、約旦、阿拉伯聯合大公國、澳洲，你自己算算幾個國家吧！

　　我希望我的經驗會激勵你離開熟悉的環境出去旅行，即使冒著可能被吸血鬼圍繞的風險，都要出去走走。我希望我就是那旅行的小黑蚊，在你們每個人的身上都咬一口，讓你們罹患奇癢無比的旅行癮頭，必須搔遍地球的每一個表面才能止癢。✈

I hope that my book and my travel experiences will encourage you to travel. At the risk of sounding like a vampire, I hope to be the travel bug that gives you one of those incurably itchy travel bites——one that makes you want to scratch way below the surface of global travel.

# Let the World Be Your Playground
## ✈ 把世界變成遊樂場

　　我一直覺得我很幸運，我的父母從小就用身教鼓勵我們用各種不同的方式去旅行。在我學會走路之前，當我還搞不清楚到底尿尿該在哪裡的時候，他們就帶著我和大我七歲的姐姐跑遍大江南北。我們去沙漠、去露營、到美墨邊界、到大峽谷、到迪士尼樂園（我老爸說迪士尼樂園是一個具有教育意義的地方）。我們開車（爸爸開啦）橫越美國，到紐澤西看我阿嬤（那是我第一次看到雪，第一次滑雪，第一次摔斷我的手指頭）。我們也會去爬山，穿過原始森林，或是開車到德州的海邊抓螃蟹。

　　很快的，只在美國旅行不再能滿足我，我渴望走得更遠，渴望離開美國探索這個世界。問題是，我該用什麼樣的方式出國呢？旅行的方式有很多種，可以跟團、跟家人（請參閱第116頁的〈沙漠之尿〉）、當志工（請參閱第

38頁的〈一支牙刷的影響力〉）、搞個烏龍（請參閱第72頁〈一不小心就到了巴拉圭〉）、或者死纏爛打加上苦苦哀求，然後再很用力地練好小提琴來加入一個小提琴演奏團（請參閱本篇文章）。

　　我承認我很愛現，我喜歡聚光燈打在身上的感覺，所有的焦點都集中在我一個人，世界彷彿圍繞著我而旋轉。

　　我五歲開始學小提琴，當時上課的時間剛好就在德州名家青少年小提琴演奏團（Texas Young Virtuosos）的練習時間之前，我的小提琴老師 Ms. Durfee-Gertsman正是這個團體的團長與指揮。每次我一下課，都會找個理由在教室外頭閒晃，偷看他們練習，他們真的拉得很好，音樂整齊劃一，不會有人狀況外。不過我之所以下課不趕快

▲ 在家中客廳練習小提琴。　　　　　▲ Texas Young Virtuosos

溜回家玩的原因，是因為他們的團服。

我一直認為是他們的團服讓我義無反顧想加入樂團成為名家的一員，雖然我根本搞不清楚「名家」是什麼玩意，但是我想要穿上他們的衣服，跟他們一起表演，這一定很酷。

因為我的年紀太小（其實水準也不太夠啦），老師並不願意讓我加入樂團，我只好不斷的哀求她，用我最無辜的眼神感動她。我還拍胸脯保證，一定夙夜匪懈，不眠不休地練琴。最後，不知道是因為可憐我，還是希望我離她遠一點，Ms. Durfee-Gertsman答應了我的請求，讓我成為名家的一員。我也理所當然，開開心心地穿上我肖想很久的團服。

除了正點的團服之外，加入樂團還有一個好處，就是可以到處巡迴演出。除了休士頓的瓊斯表演藝術劇院（Jones Hall）、華頓劇院（Wortham Center）之外，最讓人興奮的是，我們還征服了白宮。是的！就是美國總統辦公居住的白宮，可不是什麼叫白宮的餐廳或主題樂園之類的地方。

那一年我才九歲。

白宮的演出應該算是成功，現場的官員們並沒有因為我們奇怪的問題或是傻笑而破壞印象，因為就在白宮的演出之後，我們收到法國的邀請，到巴黎音樂學校表演。就這樣，歐洲之旅成行，我的護照上，即將被用力蓋上第一個戳章。

抵達巴黎的當天，我們受到熱情的歡迎，雖然每位小名家都因為長途飛行以及時差而疲累不堪，但是大家都很興奮。主辦單位為我們舉辦了一場歡迎會，每個小孩都開開心心的搶著喝飲料，有的人喝冰涼的綠茶，有的人喝了葡萄汁。

十五分鐘後，有些家長突然發覺他的小孩怪怪的，舉止不太正常，講話有點大舌頭，是太累的關係嗎？還是時差？或是因為第一次出國興奮過頭？

於是我們上了關於文化衝擊的第一課，這門課，我到現在都還在修學分。

法國不像美國，喝酒有年齡限制，在法國誰都可以喝酒。而且你知道嗎？白酒看起來很像綠茶，紅酒本來就是含酒精的葡萄汁。對十歲的小孩來說，一杯紅酒或白酒，就足夠讓他搞不清楚爸爸媽媽在哪裡了。

雖然不是在學校，但是那一趟歐洲之旅，我們卻上了好多課，而且終身難忘，終生受用。例如在法國餐廳如果你點 steak tartare 這道牛排餐，那麼你也別告訴服務生要幾分熟了，切開肉片，保證看到血水；在南法的海灘面對各式各樣大小不一的乳房在眼前晃來晃去，千萬不要嘴巴開開瞪著人家看；在巴黎街頭站太久，如果不是狗主人硬把牠拉走，巴黎的狗會當你是不會動的雕像，想在你的腳邊尿尿做記號……多麼美好的時光啊！多麼的美好！光是回憶就讓我陶醉！

也許你沒辦法像我一樣，加入小提琴樂團四處巡迴演出，但這不代表你就無法探索這個世界。你還是可以找到你的方法，用你的方式，花點心思，搞些創意，無論你是九歲還是九十九歲，跟我一起，把這世界當成自己的遊樂場吧！

智者語錄（除了最後一個人）：

One's destination is never a place, but a new way of seeing things.—Henry Miller
旅遊的目的不在於一個地點，而是找到一個看世界的新方法。——亨利‧米勒

Don't be a tourist; be a traveler.—Anthony Bourdain
別當觀光客，當個旅行家！——安東尼‧波登

A good traveler has no fixed plans and is not intent on arriving.—Lao-tzu
一個好的旅行者沒有事先寫好的計畫、也沒有抵達何處的意圖。——老子

Do not go where the path may lead; go instead where there is no path and leave a trail. —Ralph Waldo Emerson
別走已經有的路，走沒路的地方並留下新的道路。——愛默生

If you come to a fork in the road, take it.—Yogi Berra
看到岔路就勇往直前吧。——尤吉‧貝拉

Let the world be your playground. ——Janet Hsieh
把世界當成你的遊樂場。——謝怡芬

# My Older and Wiser Sister
✈ 英明又睿智的姐姐

我參加的小提琴樂團再度受邀到歐洲表演，距離第一次去歐洲巡迴已經兩年，當年我十歲，現在我十二歲，我不再是剛加入樂團的菜鳥，現在的我是個成熟而且有經驗的音樂家（當時我是這麼認為）。雖然已經十二歲，自認夠獨立，可以打理自己的生活，但是我的團長兼小提琴老師仍然堅持必須有家長隨行。但是爹地跟媽咪那一年的夏天工作非常忙碌，實在挪不出兩個星期的時間陪我去歐洲，所以他們讓我的姐姐 Christine 陪我，負責照顧我。Christine 那年十八歲，年紀比我大也比我聰明，是美國法律認定的成年人。

一九九二年的德州青少年名家小提琴樂團的年齡層，從四歲分布到十五‧五歲，平均年齡十‧二五歲。除了日以繼夜的彩排、搞到半夜的練習、和在車上也要預演之外，這趟旅行全部都很有趣。部份的團員跟我兩年前一樣，第一次出國，所以很興奮；我們這些去過的人則是因為能外出旅行，做些跟學校裡其他孩子不一樣的事而感覺很酷。說真的，到歐洲巡迴比起參加夏令營或整個暑假待在家裡看卡通或重播影片有趣多了。

這一趟歐洲巡迴去了很多國家，可惜的是，我們花太多的時間排練以及演出，很多地方都沒有時間好好的去探訪，例如荷蘭的恩斯赫德、阿姆斯特丹、德國的不來梅、烏帕塔等地，我完全沒什麼印象這些地方到底有什麼特色，但是我永遠不會忘記巴黎（雖然細節可能有點出入），而忘不了巴黎的原因接著看下去你就會知道了。

Christine（請記得是兩姊妹中較年長又較聰明的那位）出發前看了一本旅

遊書，書上説在法國葡萄酒是最便宜的飲料，比水或果汁都還便宜。我們覺得不可思議，酒比水便宜，怎麼可能，我們決定效仿科學家實證的精神去證實這個傳聞。某天晚上，表定是練習小提琴或早早滾回床上睡覺的時間，我英明的姐姐帶著幾個小毛頭，偷偷溜出飯店，來到巴黎街頭，打算證明書上説的到底是真是假。我們走進一家便利商店，察看各類飲料的價目表，結果發現，真的有比水還便宜的葡萄酒，作者沒有騙人。

既然已經證實書上的內容，我們應該離開便利商店，直接回飯店。這時候，有個傢伙突然説：「我聽説，法國不會檢查身分證，任何人都可以買酒。」我們覺得這傢伙是不是瘋了，怎麼可能不看身分證。在美國，必須年滿二十一歲才可以喝酒，賣酒給未滿二十一歲的年輕人是違法的，店家會被起訴罰錢。所以除非你看起來很臭老，否則酒吧和商店一定會檢查身分證。買酒不限年齡，怎麼可能！

既然實驗證明法國葡萄酒可以比水便宜，那麼何不試試到底是否任何人都可以買酒呢？於是我們拿了兩瓶最便宜的紅酒以及一瓶雪碧（因為又有個傢伙宣稱他聽説法國紅酒加上雪碧是人間美味），然後大剌剌地走到櫃台結帳。

嗶嗶兩聲（收銀機的聲音），「十七塊法郎，謝謝！」沒有檢查身分證，也沒有多問一句話，店員把紅酒跟雪碧放進紙袋交給我們，是真的，真的誰都可以買酒耶！我們這群小小科學家證明，兩個流言都係金ㄟ。現在，只剩

下雪碧加紅酒等於人間美味有待證實。我們趕緊回飯店，直接衝進老姐房間，以研究之名，調製便宜紅酒VS雪碧的神奇飲料。

我很想告訴你們後來發生的事，但老實説，我也搞不太清楚。只依稀記得有一群氣急敗壞的家長走進房間，發現六個小朋友（或是七個，也可能是八個），滿臉紅咚咚，四肢軟趴趴的散佈在房間的每一個角落，臉上掛著傻傻的笑容。大人們把我們拉起來，打算好好訓斥我們，可是發現我們根本聽不見他們説些什麼，只是瞪大眼睛衝著他們一直笑。沒多久，每位「研究員」都搖搖欲墜，相繼倒在彼此身上。於是真正的監護人放棄曉以大義的念頭，紛紛帶著自己酒醉的孩子回房間。

在那一個讓人難忘的夜晚，我那充滿智慧、英明的姐姐帶著我們證明了幾個傳言：1.法國可以買到比水還便宜的葡萄酒。2.法國買酒不檢查身分證（就算是一群眼睛沒瞎就看得出來是小孩的人來買酒）。3.紅酒VS雪碧真的很好喝，一點都沒有酒精的味道，可以一下子就喝很多。4.未成年的兒童＋十八歲的監護人（我英明睿智的老姐）＋ 紅酒VS雪碧＝一群傻笑的小孩＋一群無奈的家長＋一九九二年歐洲巡迴演出中最難忘的夜晚（或者説最難記住的夜晚）。

**有英明睿智的姐姐真棒！**✈

# My Older and Wiser Sister
## 英明又睿智的姊姊

It was confirmed: we had been invited to perform in Europe again! And this time—two years after the first and at twelve years of age—I was not only more experienced, a better musician, and better prepared, but more mature overall (at least, that's what I rather naively thought). Still, my music teacher wasn't going to let me travel without adult supervision. My parents were both busy that summer and couldn't take two weeks off from work, so that just left my sister, Christine. She was eighteen, older than me and wiser—a certified adult (according to the US government anyway).

Our violin group—Texas Young Virtuosos 1992—ranged in age from four and a half years to just turned sixteen, and our average age was about 10.25 years old. Despite having long rehearsals, nightly practice sessions, and even run-throughs on the bus in between locations, we all had a great time.

For some, it was very exciting, as it was their first time ever leaving the country; for the rest of us, it was just cool to be able to travel again and do something different from other kids—trust me, performing around Europe was so much better than going to summer school or hanging out at home watching cartoons and reruns.

Unfortunately, with so much time spent at rehearsals or in concert, we often didn't have much opportunity to explore the cities where we stayed, which included Enschede, Amsterdam, Bremen, and Wuppertal. But there was one time in Paris that we did go into town and which I will always remember—though not entirely clearly, as you'll soon learn why.

Christine (always the older and wiser of we sisters, remember) had read in a tour book that, in France, it was actually cheaper to buy wine than water or soft drinks. To us, that claim sounded too incredible to be true, and we thought we should put it to the test. So, late one night, when we were supposed to be either practicing or sleeping, my sister (older and wiser,) snuck a few of us out of the hotel to check out wine prices.

It didn't take too long to find a convenience store in the bustling city center, and we quickly discovered that the book wasn't lying: there actually was wine that was cheaper than water.

Our question had been answered and we should have just walked out of the store and straight back to the hotel, but one of the other violinists announced, "You know, I read somewhere that there's no legal drinking age here in France, so anybody can buy wine; they won't check your ID." We were all shocked and our jaws dropped in disbelief (you have to understand, we were from a country where twenty-one is the legal drinking age and where bars and stores will check your ID until you are forty, just to be sure you are legal).

Well, we had already proven one claim to be true, of French wine costing less than water, so why not test another? We picked up two of the cheapest bottles of red wine they had (and a Sprite, because another violinist had heard another claim that French wine with a splash of Sprite tastes like fizzy deliciousness) and proceeded to the checkout counter.

Beep beep! (That was the sound of our purchases going through the cash register.) "Seventeen francs, s'il vous plaît." Nothing else: no ID check, no questions-nothing. We were home free! Two claims proven to be true! That left only one more theory to test: that of the fizzy deliciousness. So, we all went back into my older and much wiser sister's and my room and, in the name of research, made cheap-red-wine-and-Sprite cocktails.

I would love to share with you what happened after that, but, honestly, it's all kind of a blur. The last thing I remember is a lot of very angry parents coming into our room to discover six-or was it seven, or maybe eight?kids, red-faced and giggling, sprawled out in various corners of the room.

I remember they stood us all up and tried to give us a lecture, but we were too busy giggling to really hear what they were saying. So, after a while, with us "researchers" now toppling over each other, the real chaperones gave up any hope of their reprimands having any effect and marched the other kids back to their rooms.

So, in one magical evening, my older and much wiser sister had helped us test and prove four very interesting claims:
1.In France, you can find wine that's cheaper than water.
2.You will not have your ID checked when buying wine in Paris (even though you may be a group of six to eight very obviously underage kids).

3.Red wine with Sprite does taste really yummy and not at all alcoholic (which can lead to copious amounts of consumption).

4.Combining fizzy, yummy-tasting red-wine-and-Sprite cocktails with underage kids and an eighteen-year-old (older and wiser) sister chaperone creates one giggling bundle of a mess and probably one of the best, most fun evenings I almost remember from that Europe 1992 tour.

It's great to have older and wiser sisters.

# How to Properly Give Your Parents a Heart Attack

✈ 小心翼翼地…讓父母心臟病發

一九九二年巴黎爛醉事件之後，我很驚訝爹地和媽咪還會同意讓姊姊Christine帶我去墨西哥市旅行，我以為英明睿智的老姐會被禁足到我成年為止。

墨西哥市是全世界最危險的城市之一，每年有1,100件謀殺案、2,500件致命車禍、4,000個人死於環境污染、還有每天發生70次綁架案，我和我老姐深深覺得這趟旅行一定會很刺激。除了我和Christine之外，媽咪還丟了一個艱鉅的任務給我們：帶從沒出過國的表妹Jessica一起同行。我表妹只離開過德州一次，但是沒離開美國，所以基本上，她的護照還是一片空白，是旅行界的菜鳥。

為了寫這篇文章，我特地打電話去雪梨問我老姐，到底為什麼會選澤一個全世界最危險的城市之一當做表妹第一次旅行的地點，她想了半天說她也不知道，可能是因為機票比較便宜吧！我猜去哪裡對我們來說根本不重要，只要是旅行就可以滿足我們了。

我也問我媽媽為什麼會讓我們去墨西哥市，不怕發生意外嗎？她也想了半天，然後說：我不知道耶！妳們說要去，Jessica也想去，她又沒出過國，所以我就讓妳們一起囉！難怪！難怪Jessica的媽媽那時緊張得要死。對喔！我怎麼會答應讓妳們去墨西哥市的？

我們非常縝密地規劃行程，寫下每一個細節。例如住哪個旅館、旅館的聯絡電話、當地導遊的聯絡方式、每天會去哪些地方、會做哪些事、萬一發生事情應該聯絡誰（那時候沒有手機可用）。經過幾次的模擬推演，一切似乎

左起：我、聰明又睿智的姊姊Christine、
旅行界的菜鳥Jessica

都在掌控之中，感覺沒什麼好擔心的。
爸媽也沒想太多，對我們（一個大學生
跟一個即將讀高中的國中生）也很放
心，他們相信我們可以照顧自己，也照
顧第一次出國旅行的表妹。

我覺得我爸媽實在不應該對我們
這麼有信心的！所謂計畫永遠趕不上變
化，意外就發生在去太陽金字塔的時
候。看完金字塔之後，我們就在附近閒
晃，走著走著發現一群仙人掌，仙人掌
的上頭結滿熟透的果實。看到仙人掌我
突然想起曾經看過一本書，書上寫說，
仙人掌的果實營養豐富，富含水分。如
果在沙漠迷路，找不到東西可以吃，仙
人掌果是不錯的選擇。

唉！我想我跟 Christine 實在
要慎重考慮停止驗證「好像在哪裡看
過……」這件事，因為 「好像在哪裡看
過……」經常引導我們進入災難現場。

我小心翼翼地避開仙人掌的刺，從
樹上拔下一顆果實，然後用力擠它，想
要擠出書上所說的「富含營養與水分的
果肉」。你們一定也跟我一樣，很想知
道到底書上說的是真是假？仙人掌果真

的好吃嗎？坦白説，我也不知道，因為
我沒有機會跟心情去弄清楚。

書上説仙人掌果實鮮嫩多汁，但
是作者忘了提醒讀者果實跟樹幹一樣有
刺，而且一旦刺進肉裡，就很難拔出
來。於是我大聲慘叫，Jessica立刻衝過
來，緊緊抓住我的手説：「我看看」。

在這裡我想建議一下 「好像在哪
裡看過……」這本書的作者，可不可以
請你加寫一段，仙人掌果實是有刺的，
還有當你被仙人掌刺刺到的時候，如果
有另外一個人跑過來緊緊抓住你的手，
會把原本可能還有機會拔掉的刺刺得更
深，同時，也刺傷對方。於是，Jessica
跟我滿手都是仙人掌刺，我們痛得一路
哀號回飯店。

經過仙人掌事件之後，我們決定離
開，離開可惡的仙人掌，離開污染嚴重
的墨西哥市，去尋找更具墨國風情的地
方。從雜誌上我們看到關於 Acapulco
的介紹，文章中把這裡描述成不去會後
悔的地方。於是我們以最高的效率，在
最短的時間內查清楚巴士出發的時間，
然後打包退房。

Christine帶著雙手傷痕累累的我和Jessica，高高興興地前往 Acapulco 這個美麗的海灘城市。

　　如果Jessica的媽媽沒有一時手癢，拿起電話打到墨西哥市的旅館想要關心一下女兒，那麼除了仙人掌之外，一切應該都很完美。我的爸爸媽媽可以好好享受一個沒有小孩煩他們的美好假期，我們的墨西哥之旅也可以有個美好的結尾。

　　飯店櫃台清查紀錄之後，告訴Jessica的媽媽說我們退房了，不知道去哪裡，也沒辦法聯絡我們。掛電話的時候，他還很有禮貌的說謝謝再見，無視電話的另一頭，Jessica的媽媽一陣暈眩，完全講不出話來，整個人彷彿掉進黑洞。

　　啊！對了！我忘記告訴你們，Jessica是我阿姨唯一的小孩。

　　我們三個人在 Acapulco 待了整整四天。潛水、游泳、曬太陽、在海灘上追逐嬉鬧、大啖墨西哥美食，晚上圍在一起講鬼故事嚇自己，或是說些冷笑話。我們原本打算露宿海灘省點錢，後來想想，還是決定闊氣一點找家飯店住。飯店的人告訴我們，當地海灘，是全 Acapulco 犯罪率最高的地方，強暴搶劫每天晚上準時上演，真是好險。

　　我們那幾天玩瘋了，就算在房間也沒有閒下來。打枕頭仗、從一床跳到另一床、還把尖叫的Jessica用毛毯包起來（因為她有毛毯恐懼症）。我們完全忘了德州，忘了爸爸媽媽，忘了打電話回家，忘了告訴家人我們更改行程到Acapulco玩。

四天之後，搭上巴士回到墨西哥市，依照原先縝密的行程規劃搭飛機回德州。我們一身小麥膚色登上飛機，行李塞滿買給家人的紀念品，因為墨西哥美食實在太可口，所以每個人也多帶回幾公斤的脂肪。幾小時後，飛機降落休士頓機場。

走出閘口，我的阿姨衝出接機的人群，緊緊抱住Jessica，畫面停格至少十分鐘，臉上露出終於鬆口氣的表情。原來她自從打過電話之後，每天都擔心得睡不著覺，每一分鐘都在等待我們打電話回去報平安。

隨著時間一分一秒的過去，她開始猜想，我們是不是迷路？會不會被綁架？被強暴？還是被謀殺？被車輾過去？我們會不會在醫院，害怕又無助？整整四天毫無消息，她也想盡各種慘絕人寰的災難。

我想當父母親的人一定能體會我阿姨的心情，四天音訊全無，她彷彿掉進地獄，煎熬四天。墨西哥市之旅的結局並不是人人滿意，最起碼潔西卡的媽媽就不是很高興，她從此再也不讓潔西卡跟我們兩姊妹一起旅行。

墨西哥市之旅是潔西卡跟我們姊妹的第一次，也是唯一的一次。

我們（包含正在閱讀的你們）總是覺得爸媽真的想太多，幹嘛這麼擔心。可是事後想想，我們三個人真的很幸運，沒有發生什麼事，否則還真沒人可以找到我們，因為也不知道該去哪裡找。所以有人為你擔心是好的，因為那代表他們愛你。

現在我們都長大了，Christine 和 Jessica 都結婚有小孩，我有強烈的預感，風水輪流轉，有一天她們的小孩，也會給她們來場嚇出心臟病的旅行。✈

Sally 媽媽的建議
（我媽咪啦）
旅行的時候不要吝嗇給家裡一通電話，一通電話可以給你所愛的人一顆平靜的心。愛，有時候就只是一通電話

## Free Car Wash ✈ 免費洗車

第一次獨自出國我十六歲，地點是厄瓜多。

厄瓜多是著名的加拉巴哥群島的本島，也就是達爾文觀察物種提出物競天擇進化論的地方。那裡有類似香蕉的水果，當地稱為大蕉；安地斯美食香烤天竺鼠；首都基多是全世界離太陽第二近的地方；歐美歌舞天后克莉絲汀娜也算是厄瓜多人，因為她老爸在這裡出生。

嗯，聽起來厄瓜多好像不是個很好玩的地方。或許不是每一個人都對厄瓜多有興趣，但是選擇厄瓜多作為我獨自旅行的處女作當然有我的理由。

我在德州出生長大，這裡鄰近墨西哥，深受拉丁文化影響，我從小就對這個以熱情著稱的文化非常感興趣。我學西班牙文，喜歡墨西哥美食如高脂味美

的起司、酸奶油、pico de gallo、酪梨沙拉醬、豆泥、塗上厚厚一層奶油的牛排。雖然這些食物有點改良，不算是道地的拉丁美食，但是這無損它們在我心中的地位，反而更激起我對南美洲食物的好奇心。

美食當然不是我選擇厄瓜多的主要原因，最重要的是我想探險，我想在十六歲那年夏天做些跟大家不一樣的事，我想挑戰自己，我想睜開雙眼看看這個世界。

而且，誰知道？也許這世界還有比墨西哥美食更讓我陶醉的食物哩！

於是我申請了「友好美洲志工計畫（Amigos de las Americas volunteer program）」。當我知道被錄取的時候，我還難以置信，我的運

氣真有那麼好，一整個暑假，整整兩個月，沒有爸爸媽媽、沒有學校、沒有電視、不用說英語。天啊！我應該緊張害怕嗎？可是我完全沒有，我只覺得興奮莫名。

興奮過後還是得面對現實，因為是志工計畫，所以必須自己籌措旅費。寄宿家庭的住宿費加上援助當地醫療的費用，一共兩千美金，大約七萬台幣，對學生來說，並不是小數目。

更慘的是，無論偷拐搶騙，我必須在三個月內生出這筆錢。如果你覺得很簡單，請記住，這三個月我還得上課。

我想盡各種辦法籌錢，在家裡烤餅乾，賣給鄰居和台灣同鄉會一些無辜的受害者。我也寫信給朋友、老師和企業說明原因來募款。最後實在沒辦法，我還去洗車賺錢，而洗車的經驗，讓我了解朋友有多麼重要。

為了順利拓展洗車業務，我到加油站詢問能不能免費讓我用水，以便在他們的入口設立臨時的洗車服務處。我買齊各類材料（那時才發現，傳言用報紙擦玻璃很好用不是誆人的，因為報紙不會像毛巾一樣留下毛屑或是擦拭的紋路），找來好友幫忙洗車。我製作了各種大小的看板，上頭寫著大大的「免費洗車」字樣。

沒錯！百分之百「免費洗車」，不收錢！

你們一定很質疑我的作法，花錢買材料然後免費洗車，是頭殼壞掉嗎？難

道財神爺會看你可憐就撒錢給你啊！你還不如站在 TexMex（德州知名的墨西哥速食店）的點餐車道上募款比較快，搞不好還可以順便撈點食物吃。免費洗車，怎麼賺到錢？

我的策略是這樣，我請我最美麗、最卡哇伊的朋友（謝謝妳，Lily！妳真是我的好朋友）高舉「免費洗車」的牌子站在路邊，吸引顧客。

美色果然奏效，沒多久，車子就一輛輛開進陷阱。我們一擁而上，賣力地洗車。洗車免費是真的，但是小費總要給吧！所以洗完之後，我們會竭盡所能地諂媚車主，拍他們馬屁，讚美他們的愛車，同時也心機很重的帶上兩句：厚！剛才那些開賓士、BMW、保時捷的車主好小氣，我們這麼認真，居然才給二十塊錢小費，我相信你一定不是這種人。

然後睜大眼睛，做出全世界最無辜的眼神，期待地看著受害者。通常，他們都會無奈地掏錢。

當天洗車結束，扣掉買材料的錢，還有我下廚煮晚餐犒賞大家的錢，我們

十個人，花了一天的時間，滿身大汗、全身髒兮兮、精疲力竭，一共賺進五百美金，解決了四分之一的金額，我們真的還滿厲害的。

就這樣，三個月後，沒有跟父母拿一毛錢，我成功籌到二千美金。但是我獲得的遠遠超過二千美金。

自己規劃，自己動手賺錢，寫信募款、設攤位洗車，我瞭解到錢真的很難賺，爸媽實在很辛苦，朋友真的很重要，友誼一定要好好珍惜。

後來的厄瓜多志工行程，對我影響深遠，改變我很多。仔細想想，其實厄瓜多志工行程帶給我的成長，在還沒有登機前就已經出發。就在走往加油站的路上，我已經開始大步邁向成長的歷程。

所以，請不要拿「我負擔不起」或「我做不到」作為放棄逐夢的藉口，如果你真的想要完成某件事情，只要有點創意、有決心、還有一群貼心的狐群狗黨，你就無所不能，就連財神爺都願意沒有任何原因地撒錢給你。✈

「阻礙無法擊垮我。每一次阻礙只會激起我更堅定的決心。意志堅定的人就不會改變其心意。」

——李奧納多・達文西

"Obstacles cannot crush me. Every obstacle yields to stern resolve. He who is fixed to a star does not change his mind."

——Leonardo da Vinci

# How to Become a Doctor in Just Three Days
## 三天學會當醫生

三天的時間你可以學會潛水、學會用電腦、學會一點英文，但是我打賭你一定不相信三天的時間也可以學會如何當一個醫生。好吧！或許我不該說是醫生，因為三天學不會看病，但是至少可以學會如何幫人打針。

AMIGOS de las Americas Correspondent Volunteer（CV）的志工來自全美各地，不同的年齡以及不同的成長背景。在出發前有個三天的課程，課程關於文化差異以及如何適應當地生活；例如如何用幫浦或濾水藥劑過濾水質、如何避免因為水土不服一直跑廁所、如何在一個語言不通的國家活下來、如何表現出美國人友好善良的一面、如何遵守協會規定（包括禁止吸菸喝酒，以及不能與當地人太「麻吉」）等等。

其中一門課程就是學習如何打針，是的！就是拿尖尖的針頭戳進人或動物的身體然後把藥推進去那種打針。學打針之前，老師發給我們每人一枝大針筒和一顆橘子，不過真正開始上課的時候，我的老師很無奈地又補發一顆橘子給我，因為我還沒等老師解釋橘子的用途，就把橘子剝皮吃了（不能怪我！這一定是對尖銳物品的緊張反應造成的短暫性白癡）。

你一定很好奇為什麼要幫橘子打針？老師解釋說橘子皮的構造很類似人或動物的皮膚，所以在真正開始幫人打針之前，最好先拿橘子皮來練習。我們在幫橘子打針的時候當然不會緊張，但是為了學會打針，我們必須有活體經驗，所以在課程的最後必須互選受害者真正的打一針。

我與來自世界各地的義工

我覺得這門課最可怕的部分就是你必須要幫你的夥伴打針,而且如果是你先打就更倒楣,因為受害者通常會反過來變成加害者,把你的手臂當作報復與發洩的對象。

關於打針這件事,課程裡頭有一件事他們忘了提,我是後來在幫我同學打針,而且是很痛的一針的時候才知道。就是當針戳入人體,肌肉會自動繃緊,產生抗力,不是像橘子那樣從容不迫處之泰然。一開始我因為力道不對,所以針沒辦法馬上打進應該有的深度,當我因為阻力而頓悟到這件事情的時候,我手裡握的針頭正卡在受害者手臂肌肉裡,這時候因為深度不對所以也不能注射藥物,當下我有兩個選擇,把針拔出來,或是用力把針再推深一點。

想像我手裡拿著針筒,針頭插了一部分在另一個人的手臂上,被打的人臉色鐵青眉頭深鎖,我緊張個半死,手抖到不行,我的夥伴則是害怕得要死,一句話都不敢說,免得讓我更緊張。我決定不拔針,於是針繼續打,手繼續抖。我深深地吸了一口氣,以超緩慢的速度把針頭再往肌肉裡推。

我們的痛苦都寫在臉上,我忘了是

誰先哭,還有是誰哭得比較慘,是我那慘遭蹂躪的同學,還是即將面臨報復厄運的我?

還好我的夥伴從我的失敗中學得教訓,而且她寬宏大量,完全不記仇,她打的那一針又快又狠又準,乾淨俐落而且完全不痛。在我要放聲大哭之前,針已經打完了。不過印象中我好像還是哭了,因為我終於從緊繃的情緒中解脫。

就這樣我們完成了訓練,然後分別被送到不同的國家去,「一針針」地完成我們想要改善世界的使命。

兩個月後,我從厄瓜多回到我親愛甜蜜的家。這時候我已經可以閉著眼睛、背對著人打針,或者一次拿兩枝針同時幫兩個人打針。或許我形容得太誇張,但重點是那個菜鳥橘子注射者Janet 已經變得宇宙超級無敵專業。

打針這項技能在後來的日常生活中我並不常用,也不是我在求職時會寫進個人自傳的專長,但是我卻從中學到不少寶貴經驗。包括:

● 除了恐懼本身之外,沒有什麼任何東西值得害怕。
● 如果你假裝很有信心,你就會表現得很有信心,自我催眠其實不是一件難事。
● 做事凸槌會讓你感到挫敗,但失敗的經驗正是我們最好的老師。
● 對周遭的朋友好一點,因為你永遠都不知道「針筒」究竟會落到誰手上。

# A Brush with Influence
## ✈ 一支牙刷的影響力

我在厄瓜多的小村落 Chone所受到的文化衝擊，並沒有出發前大家所警告的那樣嚴重，相反的，我適應得很好，學西班牙文、做義工工作、認識很酷的人、參與有趣而特別的活動，日子過得很快樂，一點都不會想家。（抱歉！媽咪！）

暑假我的同學不是在家玩電動遊戲，就是去購物中心打工賺錢，開學的時候可以去買新的 T恤或是BB Call（你現在知道我沒你想像的年輕吧！）。我則是在厄瓜多一天花兩塊美金過生活，三件衣服穿兩個月，用我破爛的西班牙文和當地居民溝通，每天在大太陽底下滿身大汗，等著村民帶家裡的寵物來排隊打狂犬病預防針。

看起來很辛苦，但我很享受這樣的日子，充實而愉快。我費盡千辛萬苦來到這裡，在這裡努力工作，工作內容對我的未來看似毫無幫助，可是事實上，這一年的夏天，卻是我最難忘，收穫最豐富的一個暑假。

我們所在的地區爆發大規模的狂犬病，為了控制疫情，我們必須幫當地的貓狗注射疫苗，這也代表我們可能在注射的時候被咬，因而感染狂犬病。但是我並不太在乎，看到這麼多村民自動帶寵物來排隊等打針，他們相信我們可以保護他們的家人以及寵物，避免疾病的攻擊，那種被信任的感覺讓我很感動。

更何況，當地的小孩純真可愛，總是圍繞著我們跑來跑去，對我們充滿好奇，有了他們，我想貓狗也很難接近我們。

注射疫苗的服務區通常都設在學

▲ 帶著寵物來打預防針的小朋友

▲ 我在幫寵物小狗打狂犬病疫苗

校，因為學校是當地村落的中心點，對村民來説比較方便，也因此，我們常常被大批的學生包圍，他們對我們這些外國人相當好奇。

有一天，我們和這群好奇寶寶聊天的時候，不知道為什麼聊到關於刷牙這件事（我真的不太記得是什麼樣的狀況或過程，把話題引導到刷牙）。在談話中我們赫然發現，沒有一個小孩對刷牙這個話題有反應，他們的眼神充滿困惑，因為他們的生活中沒有刷牙這件事，也從沒看過牙刷。

所有的志工都非常訝異，不過我想小朋友對於我們的描述恐怕更加驚嚇：用一根柄綁上一撮細細的長毛然後放進嘴裡上下移動。

於是，我們立刻派人到最近的城

市買下城裡所有的牙刷，回到學校送給所有的小孩，還花了十分鐘教他們正確的刷牙方式。上上下下、前前後後、來來回回地把牙齒清乾淨，吃完飯、睡覺前，保持口腔的健康。小朋友很喜歡他們的新玩具，每一個人都迫不及待地想趕快回家向家人展示。

一個月後，我們回到同一所學校，想要突擊檢查小朋友們有沒有照著我們的方式刷牙。小朋友看到我們都很興奮，每個人都咧開嘴露出潔白的牙齒，直接以行動告訴我們答案。我想我的招牌笑容，露齒微笑裝可愛，應該就是從這群小朋友身上學到的。

就在我們既欣慰又驕傲的時候，小孩子們也熱切地跟我們分享這一個月來的心得。除了依照指示身體力行，每天按時刷牙之外，他們也以發現新大陸的

▼ 小朋友們和他們的全家人都學會了刷牙

▼ 教小女孩刷牙

自豪心態，花十分鐘教導全家族。包含爸爸媽媽、兄弟姊妹、叔叔伯伯阿姨、祖父祖母、堂兄弟姊妹、表兄弟姊妹、一表三千里的遠房親戚、左鄰右舍、方圓五公里內的鄰居，就算是初次見面的陌生人，也都享有免費的十分鐘刷牙教學，他們成功的讓全家人養成每天刷牙的好習慣。但問題是……他們全家只有我們送給小朋友的那一把牙刷。

在牙刷事件之後，志工協會給即將前來的義工的信件中多附記了一條，請多帶一點牙刷來厄瓜多。牙刷事件也讓十六歲的我深刻了解，我們對周遭環境的影響力，遠遠超過我們的想像。十分鐘簡單的刷牙課程，竟然一個月內就拓展到全村，改變他們的生活習慣，也讓村民更健康。所以在關鍵時刻，千萬不要覺得自己渺小或能力不夠，因而怯懦退縮，只管放手去做，之後的結果，或許會大大出你預期之外。另外也要提醒你，出國旅遊，多帶點牙刷吧！✈

So, don't be afraid that you can't do "enough." Don't let that stop you. You would be surprised just how much of a positive influence you can be. Just remember to pack a few extra toothbrushes.

# Lessons from a Papaya
## ✈ 那些木瓜教我的事

你覺得一顆木瓜值多少呢？六十元台幣或是二塊錢美金？像吃到飽餐廳那樣免費供應？還是你根本就不喜歡這種軟綿綿的水果（除非是加上鮮奶、糖、還有碎冰變成木瓜牛奶），所以木瓜對你來說是一文不值。

也有可能你跟十六歲時的我一樣，認為木瓜就不過是一種夏天隨處可見的黃色多肉水果，沒什麼特別，談不上什麼價值。可是十幾年前的一顆木瓜加上一位厄瓜多小女孩，卻對我影響深遠，不但改變我的人生觀，也讓我了解，原來一顆木瓜的價值有時是無法估算的。

我十六歲在厄瓜多當志工幫寵物施打狂犬病疫苗，注射疫苗之後，當地人都會希望能給我們一點錢或是一些禮物，謝謝我們的幫忙。我們一般都會拒絕，因為我們是無條件到當地服務的

學生志工，我們希望他們也把我們當成志工看待，不必特別回饋什麼禮物。況且，從當地人身上獲得的生活經驗和歷練，並不是金錢所能衡量，對我來說，這些經驗與歷練，都是無價的收穫。

有一天，有個小女孩抱了一隻小狗來找我注射疫苗，打完疫苗之後她非常有禮貌的謝謝我，並且告訴我她要回家拿個禮物來給我。

跟往常一樣，我謝謝她的好意同時也委婉地拒絕。小女孩閃動著大大的眼睛專注的看我一會兒，然後轉身抱著她的小狗離去。我沒多想也不以為意，繼續替其他村民的寵物打針。

兩個小時之後，結束當天的工作開始整理工具準備回家，我才發現小女孩又回到現場，怯生生地站在角落等我，

▲ 送木瓜的小女孩和媽媽，及她們簡陋的木板屋

這次她的手上抱的不是剛打完疫苗的小狗，她非常小心地捧著一顆木瓜。看到她和手上的木瓜，我猜想她大概是在附近樹林裡摘到這顆木瓜，也有可能是她媽媽要她順路到市場買木瓜回家，剛好路過這裡，所以繞過來看看我。

小女孩非常害羞地走到我面前，用雙手把木瓜遞給我，告訴我說這是要感謝我幫她的小狗打針的禮物。

我又一次拒絕，並且跟她解釋，希望她不要這麼客氣。可是小女孩非常堅持，一定要我收下木瓜，完全不理會我的說詞。我心想，反正工作已經結束，不如跟她一起回家，向她爸爸或媽媽說明協會的立場，然後還給他們這顆木瓜。

於是我問小女孩，可不可以跟她一起回家看看她家住哪裡？小女孩點點頭，於是兩個女孩，一大一小外加一顆木瓜，開始一段我認為應該不會太遠的旅程。

我認為應該不會太遠的這段路程，後來走了整整一個小時，這時候我才瞭解，小女孩為了幫狗狗打疫苗還有送我木瓜，居然走了四個小時。

第一趟帶小狗來打疫苗，然後回家拿木瓜，然後再帶木瓜來謝謝我，現在則是帶我一起回家。讓我感動的還不只是這四小時的路程，來到小女孩的家裡（一間簡陋的木板屋），看到小女孩的家還有媽媽，我才明白，原來這顆不起眼的木瓜是她家裡有限的食物之中，最

豪華最豐盛的食物，是她們最珍貴的資產。對她們來說，這顆木瓜的價值並不是我們所認為的兩塊美金或其他，而是填飽肚子好好活下去的價值。

然後她們要把這顆木瓜送給我。我從來沒有像這一刻那樣的感動，感覺到自己如此備受尊重，我覺得這顆木瓜是我見過最值得驕傲的禮物。

對我而言，木瓜的價值遠遠超過黃金或寶石，在這一刻我才真正瞭解，當志工這段日子，當地人真的給我好多，他們給我的遠遠超過他們所擁有，而且出自最真實誠摯的心。

**然後我才明白，我們一天到晚用盡心思，努力工作追求，那些高標準高品質的享受，其實還比不上這一顆平凡無奇的木瓜。拉風的跑車或是嶄新亮麗最流行的衣服，都比不上這顆木瓜帶給我的榮譽與驕傲。**

我們太沉溺也太習慣於物質與感官的刺激，拼死追逐新商品、頂級服務、奢華享受。我們都忘記生活中最簡單的事物所代表的非凡價值，反而把這樣的觀念視為陳腔濫調，不屑一顧，失去從簡單生活中體會生命真諦的能力。

這個厄瓜多小女孩想透過一顆木瓜，表達她最真誠，最質樸無華的感謝，卻為我上了人生中最珍貴的一堂課，這堂課讓我永遠難忘，我希望能跟周遭所有的朋友分享這一堂課，告訴大家事物的價值並不是來自事物本身值多少錢，而是來自你究竟願意花多少心思，投注多少感情。

小女孩和她的媽媽非常堅持要我收下木瓜作為禮物，於是我順著他們的心意收下木瓜，向她們借了把刀，當場切開木瓜和她們一起享用。三個女生一起坐在木板屋的地上，手拿切開的木瓜，吃得滿臉都是湯汁。我已經忘記吃木瓜的時候我們究竟聊些什麼，我也記不得當時腦子裡到底在想些什麼，還有她們母女倆確實的長相。

但是我永遠記得，當時她們所傳授給我的寶貴經驗，以及日後對我人生產生的影響。

所以這樣一顆木瓜到底值多少呢？我們又該如何為這顆珍貴的木瓜貼上標價呢？我想它的標價應該這樣寫吧！改變一生的體驗＆一位深受影響的快樂志工。✈

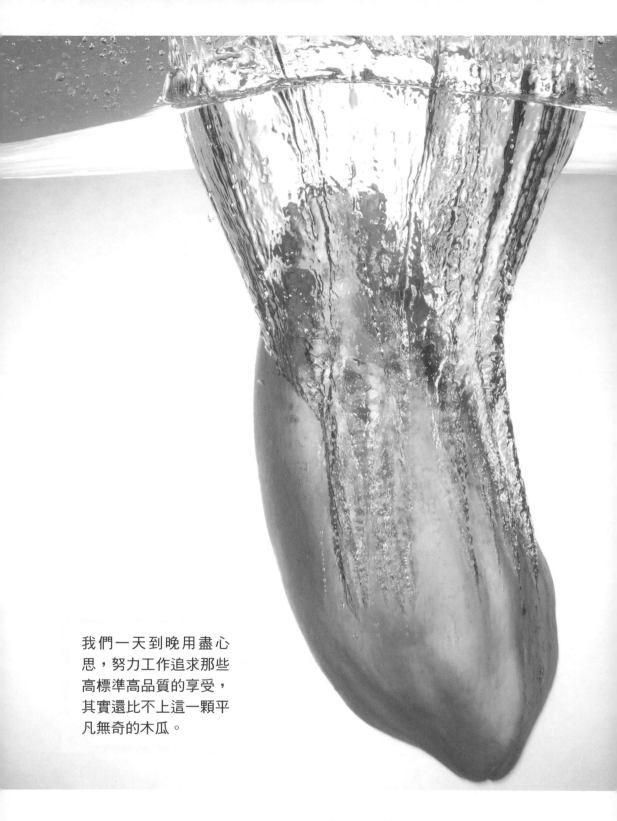

我們一天到晚用盡心
思，努力工作追求那些
高標準高品質的享受，
其實還比不上這一顆平
凡無奇的木瓜。

## Lessons from a Papaya
## 那些木瓜教我的事

How much is a papaya worth to you? Sixty NT? A couple of US dollars? Free as part of an all-you-can-eat buffet? Or maybe you don't even LIKE papaya (unless it's mixed with milk and sugar and blended with ice. Mmm! Yummy!) Well, if you're like me, you probably don't think much about that orange, fleshy fruit which grows in abundance during the summer. It was a little Ecuadorian girl, however, who taught me just how much value this simple food item can carry.

Oftentimes, when we were vaccinating dogs and cats, their owners would try and give us money or gifts to thank us. We never accepted anything, since this was a volunteer service— our donation to their village in exchange for hosting us as students.

One day, a little girl brought her little puppy to be vaccinated. She politely said thank you and said that she was going to go home and bring us a present. As usual, I said it wasn't necessary, but thanks anyways. She looked at me with a look of determination and then just walked away with her puppy. I didn't think too much about it and got back to work vaccinating the other pets.

Almost two hours later, when we were just finishing up the clinic, I noticed that the little girl was back, quietly waiting for me at the side. This time, she wasn't carrying a puppy in her arms, but instead—very carefully—a papaya. Again, I didn't think much of it—maybe she had just found it in a field nearby, or perhaps her mom had asked her to pick it up from the market on her way.

She approached me, very shyly, and handed me the papaya, saying that it was a gift for me, a thank-you for helping her puppy. Again, I tried to decline, explaining to her that it wasn't necessary, but she wouldn't take no for an answer. I figured it would be easier if I just walked her home and explained to her mom or dad in person and to return the papaya, so I asked the little girl if I could see where she lived. She nodded. And so the two of us plus the papaya went for a little walk— a little walk that turned into a very long, one-hour trek.

It was only then that I realized that this little girl had walked two hours, round trip, TWICE, just to see me: the first time to bring her puppy in to be vaccinated, and the second time just to bring me a papaya. And if that wasn't humbling enough, when I met her mom and saw her house—or

what I would describe more as a shack—I realized that this wasn't just a papaya they were giving me. This was one of the few things they had. It was one of their luxuries, one of their most prized possessions. It was something of far more value to them than its worth  Not just US$2.00 in value, but true sustenance-value.
 And they were trying to give it to ME.

I have never felt so touched and honored to receive such a precious gift. It meant more to me than if somebody had tried to give me a block of gold. It dawned on me at that point that this really was a truly generous gift they were offering me. They were giving me all they could offer, and with all of their hearts.

This was how I learned that all these material possessions, that we crave and work so hard for, really mean nothing. I don't need all of those things to be happy. Fancy cars or new clothes couldn't make me feel as proud and happy as I did about that simple papaya. Sometimes, I think we get too caught up in our material world of goods, services, and luxuries; we forget that it's the simple things in life that truly matter. And as clichéd as that sounds, it's true. The demonstration of generosity and genuine thankfulness that this one little girl showed me by offering her papaya was a lesson that I will never forget—and one that I hope to continue to pass on to others. It's not what you give, but with how much heart it is given.

The little girl and her mom insisted that I take the papaya. And so I did. I took it, I cut it open with a knife, and I shared it with them. The three of us sat on their floor, eating papaya with our hands, getting it all over our faces. I don't even remember if we said anything as we ate. I don't remember what I was thinking or what their faces looked like as we were eating. But I know I will NEVER forget what that moment did for me— how much it changed me.

So, what's a papaya worth to me? The world.

# How I Fell in Love with a Frenchman
# ✈ 我的法國之戀

　　法國人的浪漫跟巴黎鐵塔一樣舉世聞名。試試巴黎這兩個字，用法文念 Paris，然後誇張一點輕輕地拖長尾音的 eeee，就可以感覺到自己浪漫到滴水。所以如果我說我曾經在法國跟當地的男生談戀愛，相信你應該不會太訝異。

　　如同所有浪漫故事的開場，當時我正跟姊姊在南法度假，我們在尼斯美麗的海岸閒晃，當時我單身、穿著比基尼，一句法文也不會說。姊姊 Christine 正在水土不服，不斷跑廁所。我待在海灘玩小石頭等她，看著她滿臉虛弱地回來，在岸邊休息。不久我就覺得有點無聊、有點孤單，我開始期待可以發生些什麼好玩的事。

　　就在我看到他的那一剎那，或是他看到我的那剎那，一切都改變了。在我們眼神交會的那一刻，他站起身，毫無畏懼地走向我，然後撲通一聲直接坐在我的身邊，他伸手直接從我用心排了很久的石頭堆裡拿起一些石頭。當時我的第一個直覺反應是，法國人真是沒禮貌！

　　然後他對我開口，說了一大串悅耳動聽的法文。原本充滿防備的心頓時被他的聲音融化，即使我完全聽不懂他在說什麼，甚至懷疑可能是正在詛咒我或是罵我，但他的字字句句聽起來就像詩歌一般，讓我完完全全失去自我防衛的能力。你能想像嗎？這時候我們只相遇了三十秒！

　　接下來我們花了幾個鐘頭共處，歡樂的時光總是過得特別快，我完全把那病得像隻擱淺的鯨魚癱在海灘上，不時得起身狂奔廁所的姊姊拋在腦後。我的心神完全被眼前這個男生佔據。我們共

▲ 我、Anthony的姊姊、法國男孩 Anthony

度了一段美好的時光,他不斷地用那動聽的法文對我耳語,即使我完全不瞭他到底在説什麼鬼,但是光是看他寶石般湛藍的眼睛,以及他的微笑,我已經感覺死而無憾。

我們在海灘上玩耍,一起蒐集石頭,蓋了一棟屬於我們的房子。我不斷引誘他跟我一起下海玩水,但是海浪比他的頭還高,所以他不敢下水。當他站在岸上用孤單的眼神看著我,呼喚我回到他的身邊,我當然無法抗拒。我想聯合國應該訂定一條世界公約:把一個可愛的法國男子留在海灘上癡癡地等你是違法的!而我當然是迫不及待從海裡起身,回到他的身邊。

就像所有的童話故事一樣,終究會有説完的時候。當太陽漸漸西沉,空氣轉涼,我的藍眼法國男子必須離開我了,因為這個時候差不多是他該上床睡覺的時間了,他什麼也沒留給我,只留下他的名字——安東尼……今年六歲。

是的,我愛上的是一個六歲的法國男孩,我很確信他對我懷抱著一樣的情感。我那會説法文的姊姊後來翻譯了一些他對我説的話,當他很紳士地為我蓋一棟城堡的時候,他説要跟我一起搬進去裡面住,裡面已經有小石頭排成的屬於我們的家具,而我是他的王后,法國人的浪漫果然是基因問題,從小就存在血液之中。

你永遠無法預測愛情什麼時候會降臨,尤其是旅行的時候。有時候你愛上的是當地的文化,有時候是一餐美味的佳餚,又有的時候可能是你騎在大象上感受到的一陣微風。對我而言,每一次我下飛機來到一塊陌生的土地,我都會愛上屬於這趟旅途的一些什麼。在我那一次的法國行,我很幸運地愛上了這個最美好又活力充沛的六歲小男孩(他也剛好會説可愛而且童音的法文)。

有誰不喜歡戀愛的感覺呢?其實談戀愛一點都不難,只要你願意敞開心胸大膽嘗試。有時候你要做的只是走出你的家門、打開你的眼睛好好看看你所身處的世界;又或許你只需要一個拉肚子的姊姊。 ✈

## How I Fell in Love with a Frenchman
## 我的法國之戀

The French are famous for being amorous. The word Paris (best said with a slightly exaggerated French accent: "Pareee") itself oozes romance. So, it may be no surprise to you to learn that I once fell in love with a Frenchman.

Like many typical romance novels begin, I was on vacation with my sister down in the south of France, hanging out on a beautiful pebble beach in Nice, completely single, bikini-clad, and unable to speak a word of French.

And, of course, my sister was suffering from bouts of diarrhea, which meant we could only hang out close to public toilets and left me with nothing much else to do but either watch her sleep on the beach or just hang out by myself and play on the rocks. Needless to say, I was a little bit bored, somewhat lonely, and increasingly anxious to do something.

But everything changed when I saw him or rather when he saw me, boldly came over, plopped down next to me, and started to steal the rocks that I had been meticulously piling together. My first reaction was one of astonishment; I thought, "How rude these French are!"

The second he opened his mouth and uttered those first French words to me, though, I completely melted. I have no idea what he said, nor even if those words were meant for me, but I was already smitten and we'd met only moments before.

The next few hours passed by in seconds. I forgot all about my poor sister lying there like a beached whale except for occasional cheetahlike sprints to the bathroom; I was completely enamored by my new man. We got along grand. He talked to me in his sweet Gallic tongue the whole time, knowing full well that I had no idea what he was saying. Of course, I was happy just to look into his turquoise blue eyes and to see him smile at me.

We played together on the beach, gathering stones and building a house of sorts. I encouraged him to play in the water with me, but the waves were higher than his head and he was frightened; he would stare longingly at me from the shore, beckoning me to come back to his side. I did, of course.

There must be a book of rules somewhere in this universe in which it states that it is illegal to leave an adorable Frenchman waiting for you for too long, or maybe it is just the law of nature, because I soon found myself wanting to return to his side.

But like all fairy tales, ours came to an end. As the sun started to set and the air became chilly, my blue-eyed Frenchman had to leave and return to his home; it was almost his bedtime. You see, Anthony the only name I managed to get—was only six years old.

Yes. I had fallen in love with a six-year-old Frenchman or maybe I should say French boy, and I'm pretty sure the feelings were mutual. My sister, who speaks French, later translated all the things he was saying to me. He had, like a true gentleman, built a pebble castle for us to live in, complete with pebble furniture fit for a pebble queen. No wonder the French grow up to be such romantics; they start early in life.

You never really know when you're going to fall in love, especially when you're traveling. Sometimes, it's with an entire culture, or with that perfect meal with all the right seasonings, or with the gentle jungle breeze cooling your face as you're riding on the back of an elephant. For me, I've fallen for something every time I've stepped off a plane in a new country. And, on this trip, I happened to fall in love with the most precious six-year-old bundle of energy (who also happened to speak with the cutest French accent).

So, who doesn't want to fall in love? I find it quite easy, and I highly recommend it! Sometimes, all it takes is for you to walk out your door and open your eyes to the world around you. Or maybe, what you need is a sister with a bout of diarrhea.

# Roman Gladiators

## ✈ 羅馬競技姊妹花

羅馬是一個古老而偉大的城市，圓形劇場以及競技場遺跡隨處可見。羅馬也是著名的鬥士故鄉，盛產神鬼戰士。各地的競技者經過長期的訓練與淘汰之後，最後集中在這裡，以競賽的名義，相互格鬥，或是和兇猛的野獸廝殺，以展現他們雄性的威力、結實的肌肉、以及熟練的技巧。

每年有成千上萬的旅客到羅馬參觀這些有千年歷史的遺跡，站在競技場中，想像過去曾經發生過的畫面——在千萬人的吶喊聲中，鬥士奮力廝殺，展現無比的勇氣，爭取最後站立的光榮（我說的這些是在他們被長矛、刀劍或者牛角搞得肚破腸流之前的畫面）。

我和姐姐也來到羅馬這個神鬼戰士的生產地，為了入境隨俗，我們也來了一場激烈的拼戰，屬於謝氏姊妹的神鬼競技，只不過我們的格鬥比較沒那麼血腥，也比較簡單。用十元租來的單車，花一整天的時間，在還車之前，看看我們可以跑多少個景點。

古代的戰士可以用一天的時間征服羅馬，我不知道幾千年的前輩是怎樣辦到的，但是在我們試過之後才知道，這根本是天方夜譚。我們租來的車是秀氣的淑女車，因為生意太好，所以輪胎已經磨到只剩下一層薄膜，車架也是搖搖欲墜，整體來說，它幾乎快是一堆廢鐵，而不是一台腳踏車。但我們還是很高興的花了十塊錢租下來，因為騎車畢竟比走路快，而且便宜、有效率、環保也很刺激。至於義大利的大眾運輸系統，你去試試就知道，記得先買保險，而且買高額一點。

紀念碑、雕像、古建築、教堂、

▲ 屬於我和 Christine 的羅馬假期

或者其他列名的觀光景點。停車、跳下車、拍照、上車繼續騎往下一個，每去過一個地方，我們就會在地圖上把它圈起來。羅馬幾乎每一個地方每一樣東西都有故事，都是值得造訪的觀光景點，所以點和點之間距離都很近。有一次我們實在找不到一個叫作 Rostra 的東西，於是問了當地人，當地人指著我們屁股說，你們正坐在 Rostra 上面。

當然路上免不了偶而有點小狀況，像是差點被公車撞、被當地女人咒罵（原因我忘了），不過也會有驚喜。一直到現在，只要有人在我們面前提起羅馬，我和Christine 就會流口水，腦海

立刻浮現當初的畫面。

義大利人很懂吃，更重要的是，他們更懂得如何讓全世界的人吃得跟他們一樣好。義大利美食舉世聞名，新鮮的食材、相對簡單的料理方式以及大分量，讓人很難抗拒。不過，如果你沒品嚐過我跟 Christine 在羅馬吃到的義大利菜，你千萬別跟我說你瞭義大利菜的美味。

第一個讓我們垂涎三尺的經驗是在羅馬街頭的某個角落，騎了一整天的單車，又累又髒又熱又渴。像天使一般，有個西瓜小販突然出現在路中央。一點

都不誇張，他的餐車真的就在「路中央」，我們還得閃避來來去去的車流才能走到他的攤子。西瓜不是義大利的特產，但是到現在我想到那片西瓜，還是會流口水。它呈現完美的冰涼狀態，對熱到快冒火的我們來說，那片西瓜就像來自上帝的禮物……不然你說說看，哪裡能找到在路中央賣西瓜的小販呢？

騎著單車繞來繞去四處奔波，按快門拍照留念，我們覺得有點嘴饞，於是第二個讓人流口水的經驗來了。當時剛好是吃完早餐等待午餐的時間，肚子不餓，只是想吃東西，於是我們隨意選了一家餐廳，這家餐廳是我們在小巷子裡透過石頭縫看見的，而餐廳的巷子又比我所說的小巷子還要小，也沒有路牌或名字，以至於後來我們想再去吃，卻怎樣都找不到。

走進餐廳，我們點了一些最基本的義大利菜，像是番茄肉醬麵（菜單上應該不是叫番茄肉醬麵，應該有更好聽的名字，不過它就是番茄肉醬麵），就為了這盤麵，我和 Christine 不顧多年的姊妹情誼，搶著吃麵和舔盤裡的醬汁，差點打起來，因為真的是太好吃了。

我們的羅馬之行最最最遺憾的就是沒有多點一盤番茄肉醬麵，還有忘了要張名片，以至於把那家餐廳遺忘在石頭縫之中。如果不是我姐姐也記得，也同樣思念著那盤麵，我真的會以為一切都只是一場夢，一場在我餓昏頭的時候所做的夢。

有了冰涼的西瓜以及美味的肉醬麵的加持，我們精神百倍，繼續上路衝刺。然後我們遇到了一個選擇題，有一個紀念碑，就在一座大公園的另一頭，我們可以繞著公園騎，路比較好走，或者直接穿過公園，騎下階梯，路⋯⋯當然比較難走，但是比較近，也比較刺激。我們選擇了後者，因為我們很懶惰而且也騎得有點累，所以想抄近路。不過坦白說，就算是精神奕奕，我們也會選擇穿過公園，因為謝氏姊妹一向不喜歡跟別人一樣，喜歡冒險喜歡來點刺激。

於是我們把十塊錢租來的堪用腳踏車，當作價值數十萬的登山越野車，騎下各式各樣的階梯。可憐的單車並沒有撐過這座公園而壽終正寢，它爆胎了，面對這樣的結果，我們倒是非常坦然，一點都不訝異。

過去的羅馬以完善的城市規劃以及嚴格的法律與規定出名，現在的羅馬則是以什麼都可能而聞名全世界。爆胎之後，我們實在沒有力氣把腳踏車騎回去出租店，然後好好解釋為什麼會爆胎（原因非常明顯），所以我們把車鎖在一根柱子上，打電話到店裡，盡可能地說明單車的位置，然後打道回府。出租店的人也沒多說什麼，很阿沙力地說沒關係，他們會解決的。

所以從這個故事我們可以得到什麼？沒有！沒有什麼真理或啟示，我只希望如果你去羅馬，發現那間石縫中世界第一美味的義大利餐廳，求求你拿張名片、照張照片、寫下它的地址或是把廚師綁架，盡你最大的努力幫我找到它，因為這是羅馬藏身最隱密、最好吃的義大利麵。是謝氏姊妹不惜任何代價，願意去競技場決鬥，只為吃上一口的美味料理。✈

# Roman Gladiators
## 羅馬競技姊妹花

Rome is the grand, ancient city of the Colosseum, home of some of the earliest funeral games, where gladiators came to test their skills, show off their strength, display their bulging muscles, and, in the name of sport, fight to the death against other testosterone-brimming men or wild bully animals.

Millions of travelers have come to visit these two-thousand-year-old historical sites and found themselves imagining games where hundreds, if not thousands, have shed their blood for nothing more than the entertainment of the crowd and perhaps a few moments of glory and fame—perhaps right before being gored to death by an opponent's spear or some animal's horns or claws.

My sister and I traveled to this gladiatorial city and participated in our own version of the games; our rules, however, were a little bit more basic: we had to try and cover as many ancient ruins as possible in one day. And our weapons of choice? Ten-dollars-a-day rental bicycles (they were all out of chariots).

I don't know how all those men thousands of years ago would have done it, but trying to conquer all of Rome in one day, we were to discover later, was perhaps just a little overambitious. The bikes we rented were, of course, city bikes, with very thin, exhausted tires and frames that would probably be worth more as scrap metal than as part of a bike. But we didn't mind, because these dinky bicycles allowed us to travel faster than our legs alone could have carried us, and, if you've ever taken Italian public transportation, you'd know why we would have feared for our lives if we had taken that option; plus, cycling is cheap, efficient, environmentally friendly, and exciting.

We had our maps and would circle each monument, statue, ruin, church, or tourist spot we encountered, take pictures, and then bike our way to the next. In Rome, that doesn't usually take too long, since basically everything is some sort of landmark or other. At one point, we were sitting and resting trying to figure out where an ancient ruin called the Rostra was. We finally asked a local, and he pointed beneath us and said, "Uh . . . you're sitting on it."

We had a few mishaps here and there (like when we both nearly got hit by a bus, and when I got cussed out by a local woman—for doing what, I have no idea), but we also made a few unexpected discoveries that, until this day, when anybody mentions Rome, get both Christine and I drooling at the memory.

Italians obviously know how to eat well, and they know how to make sure the rest of the world eats well, too. And we're all the happier for it: Italian food is delicious, is relatively easy to make, uses fresh ingredients, and comes in large portions—what's not to like about it? Well, you haven't had Italian food until you've had the Italian food that Christine and I enjoyed that day.

Our first drooling experience came at a street corner in the heart of the city. We were both exhausted, hot, and thirsty—and then, out of nowhere, an angel in the form of a local man selling ice-cold watermelon slices appeared in the middle of the street. I do not exaggerate when I say "middle of the street," as we literally had to dodge cars, motorbikes and buses to get to him. OK, so watermelon isn't an Italian dish or specialty, but— oh, man—I'm drooling now just thinking about that cool, red, juicy, refreshing pulp. It was chilled to perfection and, we seriously felt, god sent; I mean—seriously—who sells cold watermelon in the middle of an intersection?

Drooling experience number two: Biking around and taking pictures in front of statues while posing in the exact same manner each time can be quite tiring and you can build up quite the appetite.

Christine and I were somewhere in between breakfast and lunch: not quite hungry enough for a full meal, but still kind of with the munchies. We stopped at the first restaurant we came across, which happened to be in a hole in the wall in a small alley next to an even smaller lane that was down some unnamed windy road which, try as we might, we could never find again. We ordered one of their most basic dishes: pasta ala tomato sauce (I'm sure it had some other, much fancier, Italian-sounding name, but that's basically what it was: noodles with tomato sauce).

And I nearly got into a fight with my sister because we were both tugging and pulling at the plate to try and lick it clean. It was the best pasta I've had in my life. EVER.

My only regrets from my Rome experience was that I didn't order another plate of that pasta and that we didn't get a business card from that hole-in-the-wall café. We later went back and circled around endlessly, trying to find the restaurant again, but with no success. If my sister wouldn't also start drooling at the thought of that pasta dish as I do, I probably would think that that little restaurant was just a figment of my imagination, a dream.

Well, both full of delicioso pasta and ice-cold, sweet watermelon, we were completely energized and ready to continue on our gladiatorial quest. This is where things got a little bit rough—literally.

You see, we arrived at a crossroad where we could either circle around a huge park to get to the other side (where there was a monument waiting to be checked off our list) or cut through the park, which would mean having to take the bikes off road and over stairs and much bumpier ground. We'd already been biking around the whole day and were feeling pretty tired and lazy, so we opted for the latter.

Actually, even if we'd just started the day and were feeling fresh, we probably would have still opted for the shorter route just because we tend to prefer less conventional roads.

Anyhoo, so, there we were, bouncing our ten-dollar bikes down rocky paths and stone stairways as if we were riding two-thousand-dollar professional trial bikes, and, naturally, we didn't make it across the park—we busted the tires. No surprise there, I guess.

Now, some of the best things about Rome are the infrastructure and rules—or lack thereof at times. We didn't really have the energy to roll our bikes back to the rental place and explain what had happened and why we were in the middle of a park which is very obviously NOT made for these types of bikes, so we locked them up to a pole, called the rental shop and described, to the best of our ability, the location of the bikes, and then we went home. No questions asked. No problem. They would take care of it.

So, the moral of this story? Well, there isn't one really. But if you're ever in Rome and you do find that hole-in-the-wall restaurant with the BEST pasta in the world, please do yourself a favor and take a business card, take a photo, write down the address, kidnap the chef—do whatever you need to do, because we've found that some of the best food you can discover is in the hardest-to-find corners.

And when you have that address, meet my sister and I in the Colosseum—because we'll fight anybody to get to that place again.

# Making a Splash in Hawaii
## ✈ 跳進夏威夷的瀑布裡

到夏威夷度蜜月或是度假是每個人的夢想。很幸運的，我在麻省理工學院的同學有很多人來自夏威夷，因為他們，所以我比別人更瞭解這個度假勝地的文化，同時也意味如果我到夏威夷旅行時，有免錢的地方可以住。

剛到夏威夷的時候，我跟其他人一樣走訪了一般觀光客會去的行程。例如參加當地的宴會（luau）欣賞當地的舞蹈，品嚐kalua pig鮮美的滋味，這種豬肉大餐是把肉埋在土裡慢慢悶煮數小時，讓豬肉入口即化。而我生平第二次衝浪就是在夏威夷的威基基海灘（海灘上有十萬個即將曬黑或是已經曬到脫皮的遊客），我也跟大家一樣買了好多好多的夏威夷豆（macadamia nuts），而以上這些行程大概只花了我一天的時間。

結束一般遊客會走的行程之後，我準備好嘗試帶點冒險成分的夏威夷，夏威夷是冒險家的天堂（影集LOST就是在這裡拍的），只是你必須先搞清楚該從哪裡開始，或許我應該說要先搞清楚從哪座橋開始跳起。

我所選擇的橋就位於茂宜島上（Maui），茂宜雖然很熱門，但是比起夏威夷其他島來相對比較不那麼觀光。而我所說的橋則是座很典型，那種位於熱帶度假島嶼的橋，面對陡峭的峭壁，橋下是清澈但不是很大的水潭，很多遊客走到這裡都會停下來拍照，然後探頭往下看，嘴裡不斷驚呼「喔」或是「哇」！

一開始我跟其他遊客沒什麼兩樣，拿出相機和點心拍照吃東西，然後我的朋友告訴我，有些膽子很大的人，會從

▲ 身後的就是我即將跳下的橋　　　　▲ 60英呎的自由落體

橋上往下跳，他説我一定沒這個膽子。
嘿嘿！我正好缺個理由告訴自己應該試
試看，試著從這座離下頭大約六層樓，
約莫六十英尺高的橋上跳到下頭的水
潭。

　　於是我翻身坐到橋緣，雙腿懸空準
備往下跳，但是心裡還真的有點發毛，
打不定主意到底跳不跳。這時候遠處傳
來一位女士驚恐的聲音：「不要跳！千
萬別跳！有話好好講！沒什麼事是解決
不了的！」原來是位女士和家人剛好走
到這裡，看見我懸空坐在橋上以為我要
自殺。（現在你應該知道這橋真的很
高。）

　　我和我朋友告訴她和她先生不必擔
心，很多人嘗試過而且都活下來，所以
十分安全，真的不必擔心。其實我想我
是在試著説服她也同時在説服我自己不

要害怕。這時我的朋友犯了一個嚴重的
錯誤，他告訴他們不要擔心，同時還強
調因為我是女生所以一定不敢跳。

　　我記得我好像回了一句話説：「是
嗎？」然後就縱身一躍，一路尖叫到落水
為止。落水的衝力其實沒有想像中大，
反而是冰冷的潭水讓我印象深刻，在我
還來不及查看有沒有受傷之前，我已經
先為自己的膽量（或愚蠢）感到驕傲。

　　我浮上水面狂叫，在我發出滿足
的呼喊聲之後，橋上的那位先生看著我
朋友悠悠地説：「嗯……她跳了，我想
你應該也會跳吧！」我朋友為了面子問
題，只好硬著頭皮翻過橋面，隨著地心
引力一路到潭裡。

　　我們在水潭玩了一會兒才想到，我
們該如何回到橋上呢？自由落體六十英

▲ 在夏威夷耍寶　　　　　　▲ 舉世聞名的Waikiki Beach

尺，換句話說我們得爬六十英尺筆直的峭壁才能回到橋上，沒有繩索也沒有鞋子，我們要不就是徒手攀爬滑溜溜的岩壁，或者順著溪流往下走，祈禱能找到路回去。

我們選擇往下找路回去，比較安全，不過一會兒我們就發現，如果要往下走，那就得再跳一次，這次是七十英尺左右，而且必須快跑越過瀑布往下跳。

最恐怖的是，瀑布底下到底是什麼狀況我們根本看不到，底下有可能是遍佈石塊，那就真的玩完了。除非底下也是水潭，水潭也夠深，然後我們跳得夠遠足以越過瀑布，我們才有活下去的機會，可是我們甚至連底下到底有沒有水都搞不清楚。

於是我們對上頭大聲呼救，把公園警衛、聯邦調查局、中情局、CNN、BBC、NPR……所有想得到可能幫我們脫困的單位全都喊了一次，希望能有人聽到，然後派直升機把兩個蠢蛋吊離這個地方。

瞎忙一陣子之後，我們終於放棄直升機，決定孤注一擲賭一把。於是兩個人猜拳決定誰先跳，看看誰最有可能成為這場蠢事的犧牲者，因為後跳的人只要看看先跳的人的結局，大概也就知道該不該跟著跳了。

結果我就是那個得先跳的倒楣鬼，既然願賭就得服輸，況且這次的跳水蠢事還是我起的頭，於是我只好硬著頭皮。我一輩子從來沒有這樣緊張過，我真的很擔心會一頭摔死在底下。

我往後退幾步然後再往前衝，鬼吼鬼叫地躍過瀑布往下掉，這個時候就像電影演出的橋段，往事在腦子裡不停地上演，不停地轉動。我開始想像我下半輩子都坐在輪椅上的模樣，或者我們其中一個人頸部以下完全癱瘓，甚至被埋在九尺下的黃土裡。總之，在跳下去的短短幾秒鐘我真的是嚇壞了。

顯然我們都活了下來，不然你也看不到這篇文章，也不會認識我。也剛巧有個傢伙就站在瀑布對面拍照，順便也把整個過程都拍下來。

這大概是我做過最危險最瘋狂的事情！ 我建議你們千萬不要嘗試，雖然看起來很好玩，我們也安然無恙。但是真的不必逞強把自己放在一個你完全無法掌控的高風險之中，就跟人生有時候會面臨的事情一樣，冒險並不一定聰明。我們真的很幸運，可以毫髮無傷的離開，又剛好有人拍下照片作紀念。可是事後想想 ，這些都不值得我們用生命去交換。

我從這一次的經驗學習到，想要享受旅行中的冒險樂趣之前，千萬要記得冒險需要智慧，不是光靠膽量就可以，除非是你決定這是這輩子最後一次享受刺激體會快感，否則留給自己多一點機會，這世界還有很多東西值得嘗試。這次愚蠢的跳橋之旅，後來最糟的部分是爸爸媽媽事後的叨念，以及當初跳下時難聽的喊叫聲。

The lesson I learned from this? While it's fun to travel adventurously, make sure you also do it intelligently. Don't go jumping into anything without first giving some serious consideration to your safety. Look before you leap, and be prepared to forego one exciting thrill so that you can live to enjoy many others. I'm glad that I ended this experience with nothing worse than some severe nagging from my parents—and a pretty bad wedgie from the jump.

# Part 2

Off the Beaten Path

# I Am a Clown
## 我的小丑生涯

很多人看了「瘋台灣」之後，都覺得我像是馬戲團的小丑，專門搞笑又藝高人膽大。其實我在六個月大就開始半職業的馬戲團生涯，我會單手抓住嬰兒床的欄杆，在沒有安全網保護下從這一頭晃到另外一頭（這是我媽咪告訴我的）。隨著年紀的增長，我也不斷地訓練自己，增進技藝，訓練範圍擴及到馬戲團所有的表演項目。

例如當個馴獸師馴服家裡的可卡犬，把牠當獅子騎（其實牠比較像隻大號老鼠）；把腳放到頭頂上表演軟骨功（百分之九十九的機率我應該只是想試試腳趾頭的滋味）；找一些易碎品頂在頭上（這點我必須讚美我父母，在大聲喊叫制止我，以及讓我因為喊叫轉移注意力把東西砸在頭上，在這兩者之間，他們總是可以找到平衡點，讓我安然無事）；至於最震撼人心也是我最喜歡的項目，應該是「宇宙無敵超級鐵胃功」，看到什麼吃什麼，泥巴、襪子、狗飼料、蟲、蟑螂等等。這也奠定我日後在瘋台灣中吃蜘蛛、螞蟻、胚胎雞蛋以及石頭的功力。

兩歲的時候，我的半職業馬戲團生涯達到頂峰，個人演出往往讓負責盯著我的大人神經緊繃、緊張兮兮，那時候我才明白，原來這樣激情的演出，可以擄獲觀眾的注意。

小時候單純的幻想，在我搬到阿根廷之後，居然成真，我加入了馬戲團，真正的馬戲團。

麻省理工學院三年級，我決定出國念書，拿西班牙語言學位。我猜我當時應該是厭倦麻省理工學院的那些人，那群世界頂尖的科學家和工程師。麻省理

工以理工學科聞名全球,所以當我說要到布宜諾斯艾利斯學西班牙文的時候,大部分的人都認為我在開玩笑。

於是我來到阿根廷這個美麗的國家,這裡有迷人的景致,性感的口音,還有俗稱南美洲牛仔的高卓人。這裡是離美國最遠的南美洲國家,充滿異國情調。除此之外,瑪丹娜不斷地唱著阿根廷不要為她哭泣,我想多少也發揮了一點效果。

布宜諾斯艾利斯號稱「南美洲的巴黎」,在這裡讀書真是種享受,我非常滿意當初的決定,覺得這裡恬適的生活將是我未來最讚的回憶。這樣的想法維持到有天我在校園裡發現一張海報,海報上頭寫著:

CIRCO BUSCANDO
ESTUDIANTES. NO
experiencia necesaria
(馬戲團招生,無經驗可)

孩提時候辛苦自我訓練的記憶霎時湧上心頭,我就知道我命中注定要加入馬戲團,於是我毫不猶豫的跑去報名。

六個月後,我即將從馬戲團學校畢業,畢業前有個考試,我和我的搭檔必須表演一段自己編排的雜耍,我們每天都在戲團裡辛苦練習。有一天,天氣非常好,我們決定離開戲團,到附近的公園練習。演出的戲碼是跟著007電影配樂的節奏,搭檔把我拋高然後接住、抱著我蕩過來蕩過去,同時間我要拋接三四個保齡球瓶。我們非常專注地練習,練習到渾然忘我。最後一個動作結束,四周突然傳來熱烈的掌聲。我們不算熟練的表演,居然吸引一群人圍觀,而且他們真的以為我們是街頭藝人,還大方丟錢。真是讓人感動,也出乎意料。我自小的夢想,多年來的自我培訓,居然在阿根廷得到回報,而且是用阿根廷的披索回報。

半調子的演出卻搏得路人的熱情反應讓我靈機一動,看來大家都希望在街頭看表演,既然如此,何不在街上拉小提琴,反正我本來就要練小提琴,在寄宿家庭,怕吵到他們還不敢放大音量,那何不到街上練習,兩全其美。

I am a clown.

於是我有空的時候，就會到捷運出口，打開琴盒讓人丟錢，然後練我的琴，有人丟錢最好，沒人給錢也沒關係。十分錢、五毛錢、一塊錢，以每三分鐘二十到三十人經過的速度，每十個人有一個人給錢的機率，一小時我可以賺六十披索（當時匯率約六十美金）。西元兩千年在阿根廷，六塊錢披索就已經很好用，一小時賺六十披索，真的很好賺。

我當街頭藝人好一陣子，每當我有時間、想練琴、或是想賺錢的時候，就會去捷運出口拉琴。街頭表演真的很好玩，有些人還會在鈔票上寫電話號碼或遞名片，想要找我約會。我還做了小小的實驗，看看哪種狀況能賺到最多錢。

A：單純演奏小提琴加上打開的琴盒收錢
B：貼海報告訴路人我是學生需要學費
C：背包加上打開的琴盒，貼海報告訴路人我正在旅行，急需旅費
D：穿著禮服演奏小提琴但不擺任何東西
E：演奏小提琴不擺任何東西，表明我就是愛現

實驗結果很有趣，學生急需賺學費賺的錢最少（選項 B），穿著禮服演奏但是不擺任何東西賺得最多（選項 D），我猜想應該是這種狀況留給人們最多的想像空間，可以自己編排最能感動自己的故事，所以最願意給錢。

捷運站出口人來人往，如我所說，常會遇到奇怪的人。有一天，有個傢伙就站在我面前專心的聽我演奏，他聽了很久，沒有說任何話，沒有任何反應，也沒有給錢，只是很專注的聆聽。一般來說，大部分的人都只會停下來聽一下子，然後給錢或不給錢，就趕緊去搭車。

這位先生卻停下來聽我演奏，期間最少錯過三班車，然後什麼也沒說就是盯著我看。終於我忍不住停止演奏，禮貌的問他，有什麼事我可以幫上忙的嗎？

他遞給我一張名片，然後開口說：我一直在看你演奏小提琴（當然！我眼睛又沒瞎），在這有點臭的捷運出入口（客氣了！其實是很臭），我在想，你有沒有興趣加入我的交響樂團呢？我低頭仔細看名片，上頭寫著 Juan Carlos Morelli, 阿根廷國家交響樂團。接下來這一段對話是一刀未剪的現場重現。

JCM先生說：你要參加我的樂團嗎？
我說（看完名片後抬頭）：你是開玩笑的吧！
JCM先生又說：我很認真。
我說：喔！好啊！

然後呢？

一個禮拜前我還在地底下的捷運出口演奏，一個禮拜後，我站在世界知名的演奏廳 Teatro Colón，跟著阿根廷國家交響樂團一起彩排，身分是有給職的音樂家。

就這樣，靠著拉小提琴，我賺飽了旅費，讓我可以悠哉地旅行南美洲，

去祕魯的馬丘比丘山區看印加遺跡、到安地斯山健行、去烏拉圭度週末、到巴西當背包客玩一整個月。人生真的很奇妙，如果不是看到了招生海報，又如果我沒有勇氣去報名，那麼這一切好玩的事情都不會發生。

阿根廷的馬戲團經驗讓我了解，無論身在何地，我們都應該隨時敞開心胸睜大雙眼，迎接每一次的冒險與挑戰。生命有太多的轉折點，每當我們轉過角落，就會發現不一樣的風情看到不一樣的事物，同時也給我們更多的選擇。

我們永遠都無法預期轉身之後會發生什麼事，但是我知道，如果沒辦法放大膽子去冒險，去嘗試我們所不熟悉或是沒信心做到的事情，那麼生活將一成不變，而且枯燥乏味。誰知道呢？或許你生命中的招生海報、馬戲團、公園、捷運站、交響樂團就在離你不遠的地方等著你呢！✈

*Man cannot discover new oceans unless he has the courage to lose sight of the shore.—Andre Gide*
人只有鼓起勇氣告別海岸才能看到新的大洋。——紀德

*A ship is safe in harbor, but that's not what ships are for.—William Shedd*
船在港內是安全，但這不是造船的目的。——石威廉

# Oops! I Think This Is Paraguay!
## ✈ 一不小心就到了巴拉圭！

我在阿根廷當交換學生學西班牙文的時候，麻省理工學院的室友兼超級麻吉Nina來布宜諾斯艾利斯找我。趁著學校放假，我們決定搭巴士穿越北方到巴西。巴西在與阿根廷的邊界這一帶有舉世聞名的伊瓜蘇瀑布、巴西人瘋足球所以也可以去跟當地人踢兩腳、火辣的比基尼女郎（妳得要有很大的勇氣和很好的身材才敢買巴西的比基尼來穿）、可以學巴西武術capoeira、跳森巴舞、喝巴西最流行的調酒caipirinha、還有吃巴西的燒烤（Nina 吃素，所以我必須負責幫她解決肉食部分，關於這件事我完全沒有怨言，樂意得很）。

從阿根廷到巴西的旅程基本上還滿愉快的，雖然路途遙遠，必須先離開首都布宜諾斯艾利斯，然後穿過恩特雷里奧斯、科達特斯、米西奧內斯等各省分，大約八到十個小時車程，但是一路

上我和Nina都在聊天，所以感覺時間過得很快，沒多久就抵達目的地。

伊瓜蘇瀑布確實讓人很震撼，它比尼加拉瀑布還要高，寬度則是四倍，超過275條的大小瀑布群，每秒流量四十五萬立方英尺，或許就是因為這樣大的流量，讓水柱從頭到尾都沒有間斷，創造出令人驚歎的奇景。我個人對瀑布一點都不陌生，也曾看過很多美麗的瀑布，譬如我奮力一跳的夏威夷七十英尺高的瀑布（真是終身難忘的經驗）。

對於伊瓜蘇瀑布，我從沒料想到會是這樣的壯觀，高聳陡峭的岩壁，完全未經人為開發與破壞的原始環境，充滿野性讓人讚歎。在這裡不管你怎麼拍都很漂亮，閉著眼睛按快門都覺得自己很厲害。最絕的是，每張照片都拍得到彩

▲ Nina與看似可愛其實可惡的長鼻浣熊

▲ 上：和Nina在瀑布前　下：以攻擊和恐嚇遊客出名的巨嘴鳥

虹，我覺得伊瓜蘇應該改個名字叫「千虹瀑布」，比較實至名歸。

看著瀑布我幻想自己穿越彩虹，穿越瀑布，走進另外一個世界，然後發現一大罐的金塊。在這神奇的瀑布世界裡，野生的巨嘴鳥繞著我飛舞，繞著我飛舞……伊瓜蘇的巨嘴鳥很幸福，可以自由自在地飛翔，可是很奇怪，看到巨嘴鳥，我就會聯想到巨嘴鳥山姆（美國知名的穀片），還有關在動物園裡悲傷的傢伙。可是你千萬不要被這些假象欺騙，野生的巨嘴鳥非常兇猛，具有攻擊性，聽名字就知道，牠的嘴小不到哪裡，啄起人來肯定很痛。伊瓜蘇的巨嘴鳥，可是以攻擊與恐嚇遊客出名的哩。

除了巨嘴鳥還有長相非常可愛的長鼻浣熊，看起來非常逗趣，惹人疼愛，很想抱起來好好呵護。錯了！長鼻浣熊是標準披著羊皮的狼，牠們會想盡辦法用力拉扯，手腳並用挖掘或刮裂你心愛的包包，很可惡！讓人氣得牙癢癢。我和Nina對長鼻浣熊的戒慎恐懼，比對扒手還要嚴重。

看完瀑布之後，我們決定去附近的城市走走，看看除了燒烤、瀑布、欺人太甚的野生動物之外，巴西還有什麼好玩的。就在我們東張西望找出路的時候，突然注意到有座橋，橋上人潮洶湧熙來攘往，每個人手上大包小包，提著各式各樣的東西。有米、玩具、尿布、床墊、內衣、香蕉……琳琅滿目應有盡有，只差傢俱就剛好是一個家。Hoho……等一下，有個男的扛了一組沙發正要過橋哩。

我們實在很好奇他們到底要去哪裡，於是就跟著人群走，一路上還暗自

比較每個人所帶的東西，到底誰比較奇特比較有創意。他們真是厲害，我和Nina只帶了相機和女孩的隨身用品就覺得包包太大很累贅，他們居然可以帶這麼多東西。

跟著洶湧的人潮，走得滿頭大汗，不知不覺我們過了橋，走到另一端，抬頭一看才知道事情大條，因為橋頭上端端正正地擺著幾個大字：

Bienvenidos a Paraguay!
歡迎蒞臨巴拉圭！

我和Nina整個傻眼，互看對方難以置信，心裡都在問自己同一個問題：「Oops！我們是不是沒帶護照沒有簽證跑到另一個國家來啦！」

事實真相是──沒錯！我們的確是沒帶護照沒有簽證離開巴西走進巴拉圭，真是慘烈！

好吧！雖然有點莫名其妙，怎麼沒經過海關也沒看到邊防的官員就過了邊界跑來巴拉圭。從巴西糊里糊塗來巴拉圭，不但國家不一樣，連語言都從葡萄牙文變成西班牙文。但是既然都來了，不如放鬆心情，好好玩一玩，找點東西吃找些事情做。

四處走走逛逛之後，我們決定回旅館休息，回去巴西的旅館，放著我們護照和行李的旅館。回巴西還是得經過一座橋，不一樣的一座橋，就在過橋的時候，人群中突然一陣騷動，有人互相推擠，也有人竊竊私語，空氣中瀰漫著詭異的氣氛，然後我看到有人在靠近邊界的時候跳過圍牆，隔開巴西和巴拉圭的圍牆，簡單說就是偷渡。

這時候我們才瞭解，巴拉圭的入出境管制非常鬆散，巴西就不一樣，比巴拉圭嚴格很多，為什麼我們知道巴西比較嚴格呢？因為就在進入巴西的邊界上，橋的另一頭，屬於巴西的那一頭，防守邊界的士兵面無表情，手裡拿著上膛的機槍，冷酷的看著每一個要進入巴西的人。然後我們沒有護照沒有簽證要走進巴西。

所謂誠實是最好的選項，我們硬著頭皮，向海關人員解釋我們是如何不小心的，十分意外的走過橋離開巴西到巴拉圭，眼睛還不時偷瞄身邊手持機槍的冷酷士兵，然後發覺他們似乎在努力控制自己不要笑出聲來，以維持鐵漢的形象。從他們臉上我可以想像，關於兩個愚蠢的美國女孩不小心越過邊境的事蹟，將傳遍整個邊界。慶幸的是，經過官員義正嚴辭鐵面無私的詰問之後，他們放我們回巴西，讓我們回到旅館。

巴拉圭的烏龍事件讓我強烈建議你，如果你發現自己正在邊界附近汗流浹背的跟著人群走，那你最好先確定自己有沒有帶護照，否則千萬要抗拒人類盲從的本性，不要一路跟到底。如果你堅持要當跟屁蟲，那最好祈禱遇到的官員跟我碰見的一樣，願意相信你所做的蠢事。不過換個角度想，類似這樣奇特的遭遇，不就是旅行最迷人的地方嗎？✈

# Travel Survival Guide
## ✈ 旅行生存指南

想知道各種出國相關的旅遊資訊，只要上網搜尋幾乎都找得到。不管是關於哪個國家，或是可能遇到什麼狀況，只要你想得到的，甚至想不到的，網路上都有。像是有效打包行李的方法、防曬美容秘訣、如何在旅途中邂逅未來的另一半、如何避免連醫生都搞不清楚的疾病、遠離危險的一百種方法、身陷流沙時要如何自我脫困、水蛭黏住鼻孔該怎麼辦、如何從失控的馬車上安全跳下來⋯⋯等等，諸如此類，有用沒用或是根本用不到的旅行資訊，網路上真的都有。

通常在出發旅行之前，我都會做些功課。例如上網找資料，買本旅遊指南，問問去過的朋友讓他們給些建議。最重要的是，我會先安排好行程盡可能做好準備，想好要做哪些事、看哪些東西，甚至連旅途中可能需要的衛生紙、

應該拍哪些照片等等之類的小事都先想好。

但是人算不如天算，夜路走多了免不了碰到鬼。一次巴西里約熱內盧的旅程後，我多希望有人能在出發前透露一點口風給我一些建議，或者可以給個網址我自己去查，讓我知道如果陷入突發性的、擁擠的、有生命危險的暴動人群中究竟該如何自保，才能留下小命一條。

事情是這樣的⋯⋯我和我分散世界各地的朋友約好在里約熱內盧一起過年，一起度過二○○○年的最後一天，迎接全新的二○○一年。里約的科帕卡巴納海灘上舉辦的派對，是世界上最讚的派對之一，我們打算一起加入狂歡的行列，體會一下什麼是世界最棒的派對。派對之前，因為閒閒沒事做，我們

就在市區到處晃，吃吃喝喝逛逛海灘，這時候和我們住在同一間青年旅館的另一群朋友説，如果我們有興趣的話，他們可以拿到足球冠軍賽的門票。

　　如果你不太了解巴西，那我告訴你，沒有任何事情會比足球更讓巴西人瘋狂。足球是他們的國家運動，是他們的民族驕傲，足球跟國家一樣重要。許多偉大的足球運動家都產自巴西，像羅納度、小羅納度、卡卡等等。巴西足球隊贏得世界盃的次數比任何國家都多。在巴西，無論是哪個角落，街上也好，海灘也好，一場場小型足球賽隨處可見。他們甚至會用椰子當球，地上插木棍當球門，舉辦最克難的足球比賽。同一個時間同一個城市，可以有上千場足球比賽同時進行，難怪有人稱巴西是足球王國。

●足球意外隔天的報紙
我在這！

的情緒都非常高昂，非常興奮與激動，都在期待一場好球賽。因為我們拿的是「站票」，所以只好拼命地在非常非常擁擠的看臺上鑽，試圖擠出一點空間。一般只夠一個人看球的空間，這時候得塞進四到五個人。我感覺自己像是罐頭裡的沙丁魚，不過是一隻開心、興奮的沙丁魚。

比賽開始，群眾歡呼喝采、咒罵叫囂，各種加油吶喊、喔的啊的、尖叫聲四起。我跟著大吼大叫，也搞不太清楚自己究竟在喊什麼，但是在這種大家都情緒高昂的環境下，還有腳趾頭不時被旁邊的人踩到的同時，實在很難不叫個幾聲。突然間，叫聲開始變得有點不一樣。聽起來像是被嚇到、極度驚駭的情況下發出的尖叫聲。恐怖的是，尖叫聲是從我口中發出來的！

直到今天，我還是不懂到底是發生什麼事，是有人打架鬧事，還是有人突然滑一跤，或是偶發的推擠事件……無論如何，事情是發生在看臺的上方，然後上方的群眾開始往下一排壓，下一排又倒向更下排的觀眾……一排接著一排像倒骨牌一樣，迅速地往下蔓延，偏偏大家又全部都擠在一塊小小的區域，哪裡也去不了，誰也逃不掉。

於是我們全都往下倒，臉朝下，倒向前面的人。一開始，我只有腿被壓住。生物試圖生存的本能讓我開始用力踢腳，拼命想要站起來，然後我往下看，發現自己正因此把其他人往下推，推到更底下，就為了讓我的腳能著地，我清楚記得那一幕，我全身都在顫慄發抖，全身都在冒冷汗。

可想而知，他們的冠軍賽會有多麼刺激，球迷會有多瘋狂，巴西足球迷用「狂熱」這字眼來形容冠軍賽算是含蓄的，「抓狂」可能還比較貼近現實。所以囉！白癡才會錯過享受這種刺激的經驗，於是我們毫不猶豫地點頭答應，給錢登記拿票，準備去看場一生難得一次的巴西足球冠軍賽。當時我確實想過這樣輕易就拿到冠軍賽的門票，而且還那麼便宜，會不會有問題？可是這樣的念頭一閃就過，沒有認真想太多，因為我非常興奮，我就要參與這場巴西的國家大事了。

當天到了足球場，果然是人山人海人聲鼎沸，看臺上滿滿都是人，每個人

我費盡全身力氣好不容易才站起來，但是站起來沒多久，馬上又被第二波的推擠推倒，這一次我的身體倒在一個人的身上，緊緊貼住他的身體，我的臉則是狠狠地摔落在另一個人的屁股上，當時我根本不介意到底摔在哪裡，因為我已經快不能呼吸，我很害怕，人生第一次，我以為我快要死了。

接下來發生什麼事情我記不太清楚，因為當時我已經因為缺氧而意識模糊快要昏倒，只隱約記得有個人像抓洋娃娃般地把我抱到足球場裡，放在草地上。我大概是說了聲「obrigada（謝謝）」。我慢慢嘗試著恢復正常呼吸，雙腳完全沒辦法移動。

那天的悲劇造成三個人死亡，上百人受傷。我覺得自己很幸運，感謝上天保佑，讓我福大命大，沒有變成那第四個人。事後想想，事件發生之前其實已經有些徵兆，我們都應該注意而沒注意……例如人潮太過洶湧、逐漸升高的喧叫聲、事發前的推擠……這些現象都在警告我們意外就要發生。但是話又說回來，別說我們不能注意到這些徵兆，就算注意到又能怎樣，事後諸葛誰都會，意外之所以是意外就是誰都料想不到。

那一次的事件我得到寶貴的經驗，也是非常驚悚可怕的經驗，我很有可能當場就受重傷，甚至死在看台上，永遠留在巴西里約熱內盧，幸好我安全地活了下來，走著出去，離開球場。更重要的是，我並沒有讓那場意外毀掉我接下來的旅程。

如果把生命比喻成一場旅行，那麼我們必須學習如何處理與面對旅程中所遇到的問題與危機。

雖然我們沒有辦法隨時備戰，二十四小時做好準備，準備迎接未知的危險，因為我們無法預測未來。不過我認為，只要你有能力從一個很糟糕或者可怕的經歷中爬起來，拍拍灰塵，然後告訴自己一切都還好，那麼原本應該很糟糕很可怕的經驗也許也沒那麼不好。在我心中，沒什麼真正叫「糟糕」的經驗。就算是那一場生死交關的巴西足球場事件，也是到目前為止我經歷過最印象深刻的事件，我一樣能從中學習。

**美國有句話說，那些讓你死不了的經驗只會讓你更加堅強（what doesn't kill you only makes you stronger），勇敢接受生命中的各種挑戰，遇到挫折跌倒了，想辦法讓自己再次站起來（或是祈禱有人能適時出現拉你一把），冷靜下來，只要可以呼吸，就可以朝你的目的地繼續邁進，珍惜每一刻，活出最精采的人生，才是人生的旅程中最重要的一件事。**

# Brazilian Christmas Present
## 巴西的聖誕禮物

　　這是我第一次沒有跟家人一起過聖誕節,也是我第一次在南半球過聖誕節。換句話說,這也是我第一個熱烘烘的聖誕節(南北半球季節相反,十二月的美國正是寒冷的冬季,巴西則是比基尼的季節),無法與親愛的家人與好朋友一起共度聖誕節讓我有些難過,但是可以在世界的另一端過一個完全不同以往的聖誕節卻讓我感到興奮。

　　對我來說,巴西的聖誕節非常特別也非常有趣,聖誕老公公戴著厚重的冬天雪帽、臉上黏著一層又一層綿密的鬍子,身上卻穿著一件紅色短袖T恤。(至少這證明了聖誕節屬於北半球的發明,否則我們應該會習慣看到聖誕老公公穿著比基尼而不是冬天的雪衣。真·可惜聖誕節不是從南半球開始流行出去的。)

　　巴西的聖誕節就連聖誕音樂都是節奏強烈的森巴舞曲。聖誕老公公身邊的精靈助理清一色都換成美女,隨著音樂使勁搖擺她們的豐乳翹臀,聖誕老婆婆應該非常不爽非常吃醋,巴西的聖誕老公公也很可能因為性感的助理而無法專心工作,永遠無法把禮物送到小朋友的襪子裡。

　　在我的心目中,聖誕節一直是個溫馨而且充滿歡樂的節日,我也習慣美國傳統的慶祝方式,上教堂唱聖詩,家家戶戶掛上一閃一閃的聖誕燈泡。但是在經歷過巴西的聖誕節洗禮之後,我突然覺得教堂裡的詩歌以及家裡所掛的白熾燈泡非常無聊沉悶,相較之下,美國的聖誕節不像是在慶祝節日反而像葬禮。在巴西,聖誕節期間到處色彩繽紛,巴西人幾乎把所有的顏色都用上,紅橙黃綠藍靛紫到處裝飾,感覺整個國家就

像在彩虹裡頭。空氣則瀰漫著食物的香氣，如果你意志力不夠堅強，口水可能會不自覺地從嘴角滴落。

在那樣歡樂的氣氛下，我很快就忘記家鄉的親朋好友叔叔公公婆婆和阿姨，他們可能正聚在一起，賣力唱著溫馨的福音歌曲，身上包裹大衣頭戴毛帽以免著涼。我則是混在巴西的美女陣中，隨著音樂扭動身體，被那些衣衫不整的聖誕老公公親來親去。更讓人驚喜的是，我的第一個異國聖誕節，我即將獲得一份從來也不敢奢望的聖誕禮物。

當時我已經獨自一人在巴西境內的 Jericoacoara, Recife, Olinda 旅行了好幾個禮拜，正緩緩朝我朋友珍妮佛和她家人度假的地方（一座靠近 Bahia de Salvador 的小島）移動，小島的名字叫 Morro de São Paulo，我們約好要在島上歡度整整五天的聖誕假期。

我先坐小巴來到港口，準備轉搭小船到 Morro de São Paulo。因為我一路上所搭的都是大眾運輸，大部分都是當地人乘坐，很少有觀光客或是像我一樣來找朋友的外地人，我只在巴士上碰到幾個歐洲人和日本觀光客，他們似乎都很清楚自己要去哪裡還有該怎麼去。下了巴士，我試著用破爛的葡萄牙文詢問當地人如何到港口搭船，就在我努力破解葡萄牙文密碼，思索他們告訴我的路是怎麼走的時候，我突然發現大家都離開了。

這時候我開始緊張，深怕自己走錯方向。幾個轉彎幾段路之後，我終於來到小港口，搭上小船，船上坐著一個也是來自同一台巴士的外國人，我終於放下心中的大石頭，因為這個老外證明我沒有走錯方向，我對這個看起來像歐洲人的老外點頭微笑，最後一批貨品運上船，船長帶著一個小男孩跳上船，我們啟程航向小島。

基於巴西人好奇且熱情的天性，巴西小男孩立刻開始用葡萄牙文以及很簡單的英文跟我們聊天，一開始我只是對著他微笑與點頭，直到他看著這個外國人與我並脫口問：「你們是男女朋友嗎」？我不由得笑了，轉頭對旁邊的外國人說：「你好！我叫 Janet。」感謝這個可愛、好奇又直率的巴西小男孩，我認識了從法國來的Emmanuel。

Emmanuel以前就去過Morro de São Paulo，他已經約好朋友，朋友的家就離珍妮佛所住的旅館稍微遠一點的地方。基本上 Morro de São Paulo 這個島有三個主要海灘，珍妮佛是住在第一個海灘附近一座比較大型的旅館，但是我並沒有預約房間，因為我在巴西一路走來都是用背包客的方式旅行，不會預定任何旅館，結果這樣的方式反而替我所謂最好的聖誕禮物埋下伏筆。

船程大約一個小時，一路上我跟Emmanuel閒聊，並且被巴西小男孩不時突如其來的問題打斷，像是我們從哪裡來、我們在德州有沒有吃黑豆、聖誕老公公到底長什麼樣子、誰是我最喜歡的足球員、我們什麼時候要結婚等等的問題。

一路上東聊西扯，時間很快就過了，當我們到達小島，我有點捨不得跟

Emmanuel、Didi 和路人甲

我的新朋友們道別，不過我們還是互道
再見，各自踏上各自的旅程：小男孩去
幫他的父親工作、Emmanuel前往他朋
友家，而我將與珍妮佛在她住的旅館碰
面，沿路我不斷祈禱希望那裡還有空房
間給我。

Morro de São Paulo真是一座美
麗的小島，這裡禁止車輛行駛，所以完
全沒有廢氣污染，也沒有任何引擎的噪
音 （唯一的噪音應該是水牛放屁的聲
音），可以說是一個天堂，光是從港口
走到飯店，我已經是滿臉笑容、心情愉
快、邊走還邊哼起聖誕歌曲。到了飯店
我看見珍妮佛，給她一個大大的擁抱，
然後她立刻告訴我飯店已經沒有空房，
我沒有地方可以住，這下慘了！

由於是聖誕假期，每一間位於第一
個海灘的旅館都已經爆滿，很多訂房客
人都被排到後補去，我想現場要到房間

的機率幾乎是零，唯一的選擇是走到第
二個海灘試試。去了第二個海灘，結果
一樣沒有房間，我開始有點緊張。

來到第三個海灘，我到處詢問，終
於有人告訴我前面還有兩間小旅舍可以
試試，這是我最後的機會，當我去到那
裡，眼前果真出現兩個選項——左手邊
是一間可愛的黃色小旅舍，右手邊是一
間小木屋。我的直覺帶領我走到黃色小
旅舍，旅舍的老闆娘Didi，她很熱心也
很親切，感覺就像我媽一樣，她開心地
宣佈還有一間空房可以給我住，我也毫
不猶豫的馬上訂下來。

Didi 帶我上樓去我的房間，我只
跟著她走幾步路就愛上這個地方。Didi
的旅館不但舒服、安靜、裝潢雅緻，房
間外的門廊還吊著幾張吊床，相當有度
假休閒的味道。其中一張吊床就在我房
間的門口，上頭正躺著一個傢伙，舒服

黃色小旅社

地讀著他的書,我開始暗自盤算如何把他趕出這張床,換我自己舒服地躺在上頭,這可是在我的領土裡頭哩。就在我心中盤算招數的時候,Didi突然用她高亢熱情的葡萄牙人特有音調對著佔據吊床的敵人說了一些話,然後他轉過身,我嚇了一跳,原來是跟我一起搭船的那個歐洲老外 Emmanuel!我們兩個都為再次的巧遇一臉驚訝,我還來不及回過神跟他點頭微笑,Didi已經忙著告訴我浴室在哪裡、衣服該放哪裡等等,充分展現她專業的素養。

我花了大概三十秒丟下背包同時以最快速度換上我的比基尼並且圍上沙龍,馬上衝向海灘,我迫不及待想好好探索這個小島,並且先設想好如果 Emmanuel 在我回來時還敢大剌剌躺在那張吊床上的話,我該如何有禮貌的、合情合理的把他踢下吊床。我萬萬沒想到一回旅館,設想周到的Didi已經為我

在走廊上準備好另一張吊床。

接下的幾天,我每天走一大段路到第一海灘跟珍妮佛以及她的家人碰面,一起爬山、爬樹、跳到海裡玩水、潛水、享用當地食物。晚上則回到我的小旅館找Emmanuel一起跟Didi聊天,或者趁他不在的時候佔領他的吊床,悠閒地看我的書。

後來我乾脆把我的吊床搬到他隔壁(我懷疑他暗中把房客趕跑好空出旁邊的位置給我),跟他聊天。從一開始短短的幾分鐘,到後來徹夜長談,完全忽略掉時間,完全不感到疲倦或厭煩。

然後,聖誕節終於到了,我邀請Emmanuel與Didi,以及其他的房客一起前往珍妮佛的旅館用餐,當天晚上有個特別的聖誕小餐會,這一餐非常簡單卻也非常有當地特色,包括島上自產的

新鮮水果、剛從海裡撈上來的海鮮、以及當地特產薄荷調酒。

那天過得很快樂，雖然很多細節我都不太記得，因為在那天之前我根本沒試過巴西的 caipirinha 這種薄荷調酒，不知道嚐起來是什麼滋味，也不知道裡面究竟加了多少酒，含有多少酒精。事後我終於了解，原來巴西人對於酒這件事是非常大方而且豪爽的！

我隱約記得我被架著走回第三個海灘的小旅社，打赤腳踩過鋪在沙灘上的木板，差一點絆到自己的腳跌個狗吃屎，而且我還咯咯地笑，好像吸了一桶笑氣，完全停不下來。回到旅館，我根本走不回去自己的房間，乾脆直接倒進旅館外頭的吊床昏睡，而Emmanuel就陪伴在我旁邊。

當我酒意慢慢消退，我停止傻笑，開始跟Emmanuel説話，我們説了好久好久的話，直到天快亮之前，突然聽到一聲像是什麼東西裂掉脆脆的聲音，照理説遇到這種情況我們都應該覺得毛毛的，畢竟這是一個與世隔絕的小島，又是深夜，我們又身在叢林之中，但是不知道為什麼我們都覺得有點好玩，於是跳下吊床，決定一探究竟，結果發現一匹像馬（或者驢or騾）的動物在那裡吃香蕉樹的葉子，我想牠正享受著牠的聖誕節大餐。

我跟Emmanuel開始瘋狂地大笑，尤其是當香蕉樹的主人從屋裡衝出來，看到他可憐的香蕉樹已經被吃掉了一大半，氣得又叫又跳，我跟Emmanuel躲回樓上偷看，回到自己的吊床上笑得像小孩子一樣。這真的是一個很特別的聖誕節。

雖然只待在這個島上五天，但是我卻徹底忘掉了家人，而且很想取消接下來的行程繼續留在島上。我可以感覺得到Didi跟Emmanuel也試著説服我留下，但是我相信命運會帶領我到該去的地方，所以還是決定繼續我的行程。

最後我收拾好行李與他們道別，Emmanuel陪我走到了港口，我記得我給了他一個大大的擁抱道別，我們交換了Email，約定好要保持聯絡。不過你也知道，這種事到最後總是不了了之，通常旅行中隨機遇到的友情會隨著旅程結束而告終，我們在分開前甚至沒有一起拍張照片當紀念。

這是我第一個獨自度過的聖誕節，雖然沒有家人朋友的陪伴，但是我並不孤獨，我有珍妮佛一起在沙灘上閒晃，我也有Didi以及Emmanuel在那個小旅館、那一條小走廊像家人般地陪伴我，這是我生命中最美好的一個聖誕節之一，而且還收到一個最棒的聖誕禮物。是什麼樣的禮物呢？那又是另一個故事了，下次我再告訴你。✈

# Changing the World, One Carrot at a Time
## ✈ 一根胡蘿蔔就能改變世界

　　我就要從麻省理工學院畢業，踏進大家所說的「真正的世界」，我將進入醫學院讀四年，然後畢業當醫生。我的同學大部分都是在開學之前先在學校附近找好房子住下來，先適應環境，同時等候學校開學。我心想，四年的醫學院生活，我就要被綁得死死的，如果連現在唯一的空檔都要住到學校附近，那真的是很無趣。於是，一方面是為了確定我已經準備好面對新的人生，一方面我也想找點有趣的事情做，所以我前往印度的哲雪鋪（Jamshedpur），一個深入印度而且落後的地區。

　　你可能很好奇，印度有千百個世界知名的觀光景點可以去（例如泰姬瑪哈陵之類的），為什麼我會選擇這麼一個偏遠的地方呢？是什麼原因讓我遠離觀光路線，跑去一個名字聽起來就很奇怪，又名不見經傳的小地方？（我說

小，其實哲雪鋪人口超過一百萬。在印度三十五個城市中排名第二十八。）

　　這一切都得感謝我大學的室友Nina。想當初是貪圖她有微波爐這種我缺少的方便電器產品才邀請她一起住。沒想到她搬進來沒多久，就想盡辦法，無所不用其極的說服一個剛從阿根廷留學一年回來的德州佬（區區鄙人在下我）成為素食者。有沒有搞錯，德州耶！我們的主食是大塊牛排，而且要是血淋淋的半熟（帶血牛排！我的最愛！）阿根廷！阿根廷是全世界出口最多鮮嫩牛肉的國家耶。可想而知，這並不是個簡單任務，但是Nina辦到了，你可以想像這女孩多有說服力。（是的！她正是跟我一起去巴西，然後沒帶護照就一起不小心走進巴拉圭的那個Nina。）

◀ 左頁：我和哲雪鋪的村民還有志工夥伴Jackie　▲當地村民（Jamshedpur,Jharkhand,India）

是她說服我，說我一定會愛上印度，她鼓勵我畢業後去看一看。不僅如此，她還要我加入義工團隊，到沒有人聽過的偏遠區域服務，做一些我從來沒做過的事情。這些偏遠的城市近乎與世隔絕，沒有衛生紙，食物對我來說不是太辣就是加太多香料。其實不要說這些城市，就連印度我都很陌生。是 Nina 說服了我，她甚至為我找好志工計畫，幫我報名，省去我的時間，然後逼我簽名參加。謝謝妳 Nina！面對妳的熱情，我怎麼可能不去呢？

於是我開始了Tata Steel農村發展協會（Tata Steel Rural Development Society）的志工工作。

哲雪鋪，這城市過去曾隸屬於鄰邦巴哈爾，目前則劃在賈坎德邦，賈坎德邦是印度嚴重未開發，相對比較危險的地區，這裡也是我被指派服務的城市。哲雪鋪被戲稱是印度第一大「規劃很好」的工業城，周圍環繞著非常貧窮的農村，這些農村是我進行志工服務的地方。在這裡，我經歷了前所未有的體驗，改變了我很多想法，我相信這種感觸不只是對我而言，對當地人應該也是如此。我不知道是誰問了誰比較多的問題；是負責調查、參訪的我，還是從未見過外國人的當地人。

在哲雪鋪的某個村落裡，大多數的小孩不是幾乎看不見，就是全盲。很多都還只是嬰兒，但視力卻已經比我這個

一四二五度的大近視還糟糕。我們盡了最大的努力去調查、研究，依然仍找不出原因。我們勘察過水質、研究過當地已知的各種疾病或病毒、調查遺傳性缺陷、測試可能污染的土質，但是都沒有結果。一直到我們受邀去當地一戶人家家裡吃飯，才發現真正的原因。

上桌的是稀飯、一些辣味印度菜（扁豆煮爛後加香料，營養又有飽足感）、印度麵包和一些包著一起吃的食材。我詢問這是否就是當地的典型餐食。他們的答覆讓每個人的眼眶都泛起淚光。他們說這是最富有的村民才吃得起的食物，而且一星期也只能吃一次。當地典型的餐食是媽媽將一把米煮到最濃稠的狀態，然後把飯粒裝到罐頭裡，當作丈夫一整天在田裡工作所吃的主食，她和小孩則分食剩下的米湯。這就是當地村民的生活方式，米湯也是小朋友所能獲取的唯一營養。因此雖然村裡每一戶人家都有十個以上的小孩，但是半數活不過五歲。

那一頓和村民一起吃的飯除了讓我們心酸之外，也讓我們受益良多，更重要的是，直到那時候，我們和另一位醫護人員才恍然大悟，這些小孩之所以會失明的原因，是因為飲食中缺乏維生素A，他們需要的不過就是一天咬一口胡蘿蔔，一口胡蘿蔔的營養素就可以讓他們重見光明。一根胡蘿蔔的一口，就這樣。**這世界上有些人正在環遊世界，欣賞讚歎美景，有些人卻因為一口胡蘿蔔而失明**，這樣的衝突實在讓我心碎。

這世界會不會太殘忍、太不公平！怎麼可以如此對待這些村民，漠視他們

的存在？社會怎麼可以如此忽視這樣嚴重的問題，不想辦法去改善？距離這些苦難、失明的孩童僅僅一公里之外的有錢人，怎麼能心安理得的過著揮霍的生活？這些種種殘酷的事實讓我忍不住想放聲大叫！我真希望我能讓時光倒流，回到過去，教那些媽媽們留下胡蘿蔔給小孩吃，不要賣到市場，只為了多換一杯米。

當我們告訴大家這麼簡單的解決方法之後，媽媽臉上卸下擔憂的表情，我們突然深刻的領悟到，是啊！這世界就是這麼殘酷，社會正義可以這麼虛偽這樣令人作嘔、世態可以如此的炎涼。但是，我們還是可以有所作為，就算是個人微薄的力量，都是可以提供協助的力量。雖然我們無法幫助那些已經失明的小孩重建視力，但也許，只是也許，我們可以讓他們的下一代免除失明的痛苦。於是我放下憤世嫉俗的想法，轉換成更加積極正面的思考模式，我想我們已經在哲雪鋪那些偏遠村子裡留下能讓他們的世界變得更美好的事情——一口紅蘿蔔。✈

Changing the World,
One Carrot at a Time

# Changing the World, One Carrot at a Time
## 一根胡蘿蔔就能改變世界

I was about to graduate from MIT and enter "the real world." But just to make sure I was properly prepared for this new chapter in my life, I was going to try and fit in another four years of medical school. However, the thought of going from college straight into medical school left me feeling like my future was set in the stone of seriousness, with no way out and no more fun. So, instead of taking up residence in some stateside university town, I ended up in Jamshedpur, in deepest, darkest India.

You could say that it's not exactly the most typical tourist destination out of the thousands of far more famous cities and sites in India (like, oh, the Taj Mahal, for example). So what brought me to this obscure little place so far off the tourist trail? (When I say little, I actually mean a city with a population of 1 million-plus, the twenty-eighth among the thirty-five cities in India that boast more than a million residents.)

Ultimately, I'd have to give all credit to Nina, my roommate in college, who I only invited to room with me because she had a microwave, a useful food-preparation item that my room was lacking at the time. Soon after moving in, Nina managed to convince ME, a Texan just back from Argentina. Let me elaborate: a meat-loving, red-blooded (that's also how I like my steak) Texan who had just returned from a country that is the world's largest exporter of delicious, yummy beef— to go vegetarian! That was no easy feat, I assure you; this girl is persuasive! (Yes. This is also the same girl with whom I'd accidentally walked into Paraguay without our passports. THAT Nina.)

It was also said roomie who not only convinced me that I would love India but encouraged me to go there after graduating. Not content with convincing me that India was worth a look-see, Nina then talked me into volunteering in a place that I nor anyone else I knew had ever heard of, in that wild country that I knew nothing about, which was halfway around the world a city that had no toilet paper, where food that was either too spicy or too "spice-y" for my taste buds, to do something that I had no experience in. She even found for me the program that would enable me to do just that and pushed me to sign up. Thanks to Nina, how could I *NOT* go?

So, because of my desire to have use of one previously lacking kitchen appliance, I ended up, four years later, in India, working with the Tata Steel Rural Development Society as a volunteer social worker.

Jamshedpur, which now lies in the state of Jharkand, was once part of now-neighboring Bihar, a severely underdeveloped and often dangerous part of India and was my assigned city. Though Jamshedpur itself is hailed as India's first well-planned industrial city, the rural villages surrounding it, where I did most of my volunteering were very poor, and the experience was an eye-opening one not just for me, but also for the locals. I don't know who asked more questions: me, as one of the interviewing social workers, or them, as the villagers who had never met a foreigner before.

In one village, a majority of the children were either nearly or completely blind. Many were just babies, yet they already had worse vision than I do: minus 14.25 diopters, which is pretty bad by anybody's standards. Despite my team's greatest efforts, we had no idea why this was happening. We checked the water, looked at diseases or viruses known to exist in the area, investigated hereditary defects, and tested the land for possible poisoning. But we came up with nothing until we were invited for a meal with a local family.

We were served soupy, watered-down rice, some dal (pureed and spiced lentils, which are both nutritious and filling), and a few chapatis with which to slop it all up. I asked if this was a typical village meal, and their reply made our eyes well with tears: This was what only the richest villagers could provide for their families, and even then no more than once a week. A more typical meal consisted of the mother boiling a handful of rice until the water was as thick as possible.

Then she would pack the cooked grains of rice in a tin can for her husband to eat as his single daily meal, as sustenance while working out in the fields. The mother would then share the remaining rice water with her children, who can number as many as ten in these villages but half were likely to die before they were five years old. This was how the villagers lived, and this was the total extent of nutrients that the children were getting.

That meal with the villagers certainly was an eye-opener, because it was only then that it dawned on us and the other health workers that these children were going blind because of nothing more than a lack of vitamin A in their diet. All that these children needed was the equivalent of a bite of carrot a day in order to retain their vision ONE bite of ONE carrot that's all. As someone who loves to travel the world, to see so many beautiful vistas and wonderful places, the thought of losing my vision over a bite of carrot was heartbreaking.

It made me want to scream: at the cruelty and inequality of the world; at society for not being aware of and fixing this problem sooner; at the rich who indulge in their opulent, extravagant lifestyles just one kilometer away from all this abject poverty and these poor, blind children. And it made me wish I could have reversed time and taught all those mothers to save just a handful of those carrots that they grow and feed them to their children rather than sell them at the market or trade them for an extra cup of rice.

But the relief on the mothers' faces when we told them how simple the solution was also made us realize that, yes, the world can be cruel and social injustice can be sickening and overwhelmingbut we can still make a difference; even with small contributions, we can still help. Although we couldn't help those kids regain their sight, maybe just maybe we would prevent the entire next generation from going blind too. I like to think we left a positive and lasting impression in those villages something that would change their world for the better, one carrot at a time.

# The Train Is Where?.
## ✈ 印度火車哪去了？

在印度，火車誤點是常有的事。在Google鍵入「印度＋火車＋誤點」做關鍵字搜尋，大概0.25秒之內就會秀出513,163筆資料……

火車誤點的原因千奇百怪應有盡有，你想得到的想不到的都可能，例如人太多所以誤點、道路整修誤點、車掌喝醉酒誤點（還好不是司機）、恐怖分子攻擊、鐵軌上躺了一頭牛、火車故障、豪雨、有人示威抗議、以及找不到任何原因的誤點。

對當地人來說，火車誤點是家常便飯，大家早就習以為常見怪不怪。在印度擔任志工以及自助旅行兩個多月之後，我也漸漸印度化，跟大家一樣習慣了火車誤點這件事。

待在印度的這兩個月，我獨自去了一些印度最美也最難搞的地方。例如與巴基斯坦接壤，正處於戰爭狀態的拉加斯坦。在那裡，大概當一個背包客可能碰到的所有問題，全部都陸陸續續發生在我身上：拉肚子、迷路、火車故障被迫租車，凌晨四點車子在荒郊野外拋錨（拋錨這件事情後來變成家常便飯）、被當地騎駱駝的人跟蹤、明知自己被敲竹槓卻只能忍氣吞聲、被數不清的計程車司機騷擾、身上快沒錢、無聊得要命、必須二十四小時忍受攝氏四十度的高溫、踩到駱駝大便，最嚴重的是想家，超級超級想家。

其實通常我不太容易想家，但是在經歷這不可思議的兩個月之後，我真的很想看到熟悉的臉孔。

終於，兩個半月之後的某一天，我興奮地在火車站等我最好的朋友Nina出

現。我的火車提早抵達（驚訝吧！）。
我大剌剌地坐在我的背包上胡思亂想，
想著Nina會不會放我鴿子不來了，幸
好Nina沒有辜負我，她真的出現了。
我看到她的時候眼淚馬上奪眶而出，實
在太開心也太感動（我證實了當旅行太
久時，看到熟悉的臉孔真的會哭這種說
法）。

　　我們是各自從印度不同的地方出
發，然後選了中間一個叫做Pune的城市
會合，計畫一起坐個幾天的火車，到印
度的最南端去旅行，對於這趟旅程我非
常期待也很興奮。現在多了Nina陪我一
起壯膽，我準備好要重新開始探險，迎
接任何的新鮮事。

　　剛開始的前幾天一切順利，我們
大啖美食，聊過去兩個月發生的事。然
後，我們來到潘安佳（Panaji）換車，

這裡的火車站擠滿人，奇怪的是現場卻
看不到任何一台火車進站。

　　我們四處詢問，想搞清楚狀況，
卻得到一些莫名其妙的回答（因為不會
說印度話，所以我們大都是用猜的）。
以下是我們猜想出來的部分內容：「沒
有火車……？……？……海邊。」奇
怪！他似乎有提到老鼠之類的？「沒有
了……火車……掰掰……掉下去了……
明天沒有……後天沒有……取消訂
票……下禮拜再來。」

　　我們在霧煞煞了幾個小時之後，推
論出今天，明天或短期內，這裡都不會
有火車……可是我們已經買了這段火車
之後的火車票，所以一定得趕到下一個
銜接點才行。我們和幾個人一起跳上一
部小卡車，他們要去的地方跟我們同方
向，不過小卡車的終點站跟我們的目的

▲ 慘事不斷的印度之旅

地還差一大段路，於是我們下了卡車改搭巴士，用一整個晚上的時間趕車。現在讓我來描述一下這趟印度巴士之旅的路況，這裡的火車已經夠簡陋了，沒想到公路的狀況比火車還要糟一百倍。

路上的坑洞比鋪在上面的柏油還多，與其說是在馬路上開車，倒不如說是把車勉強開在馬路邊邊，因為馬路的兩邊反而比較平坦，而且路中間隱藏著許多被雨水蓋滿的小水塘，根本看不出來哪裡有洞，到底有多深，一直到車子開過去，卡在洞裡頭的時候你才會知道。

司機在應付惡劣路面的同時，還得閃避從四面八方竄出來的各種交通工具：卡車、休旅車、巴士、房車、人力車、自行車、三輪車、機車、輕型機車、行人，還有偶爾出現的牛。印度的牛擁有最大的路權，誰都得讓牠，對牠無可奈何。我們在最顛簸的路上行車，坐在完全感覺不到避震效果的巴士裡，司機顯然很不喜歡踩煞車，原本預估就算順利，這趟路程大概也得花四到五個小時，沒想到這位仁兄兩個小時就把我們載到目的地。Nina跟我下車後，頭上跟屁股起碼有十幾個瘀青，我記得我當時下車的第一句話是：「吼！原來這就是失去重力的感覺」。沒有人能在這趟旅途中睡著，除了司機以外。

當我們終於抵達南印度喀拉拉的柯欽（Kochi），背包客苦行僧的旅行方式讓我們吃盡苦頭，所以我們決定砸下重金租一台私人轎車前往最後一站。本來以為我們能夠就此告別悲情，告別苦難，結果大錯特錯。我們所租的私人轎車在掙扎著爬上最後一個上坡的時候拋錨了好幾次，每次司機都會消失一陣子，然後帶著不知道哪裡弄到的一杯水，往引擎的散熱器裡倒，我們看著它冒煙，重新啟動、爬坡、冒煙拋錨、司機消失、拿水回來、冒煙……一再重複這個過程，一直到終於……車子動也不動，好極了……真是好極了……＃※＆

我們最終還是勉勉強強撐到了目的地，美麗的城市穆納（Munnar）。二話不說，我們立刻找了一家便宜的青年旅館，直接昏倒一天一夜。這一段在屁股上同個部位擁有同樣瘀青的坐車經驗，讓我和Nina的友誼更加深厚。直到今天，我跟Nina只要一起坐車就會互相撞來撞去，學牛叫，笑到翻掉。

那次的乘車經驗確實很恐怖，卻也是記憶最深刻最特別的一次，讓我們帶著一堆精采的故事離開印度，可以向別人炫耀，還培養了耐心，建立了任何「顛簸道路」都破壞不了的堅固友情。

對了！你是不是很納悶到底發生什麼事，才讓車站裡一台火車都沒有？我們在當天晚上看到新聞，才知道我們要搭的火車誤點原因是火車脫軌，整輛列車衝進了大海，上帝保佑！阿門！

# Indian PicKup Lines
## 印度式求婚詞

遇到男人搭訕，我會告訴他我結婚了，通常男士們會因此知難而退，然後把注意力轉向其他受害者。但是在旅行的時候這招不見得有用，因為想追妳的人可能會反過來對妳說：「沒關係！我也結婚了，妳有興趣當我第三個老婆嗎？」

印度拉加斯坦這個美麗的沙漠省分鄰近巴基斯坦。拉加斯坦非常漂亮，女人身上包覆的莎麗（Sari）五顏六色。而且，去過這麼多國家，我從來沒有看過一個地方的房子會全都塗成特定的幾種顏色（粉紅色、藍色、金色），繽紛的色彩跟荒蕪的沙漠視覺反差十分強烈。拉加斯坦的居民大都是游牧民族，他們居無定所、個性剛烈而且熱情，堅守傳統的生活模式與價值。

我騎著駱駝來到拉加斯坦沙漠的中央，牠超喜歡轉頭噴我口水。兼任導遊工作的駝伕剛剛向我求婚，在沙漠待了三天沒洗澡、只有兩件T恤輪著穿、被太陽曬傷、全身都是駱駝的口水、渾身上下臭得要死，這樣狼狽的狀態下，居然還會有人想娶我，或許我該覺得受寵若驚。

為了避免你一頭霧水，搞不清楚我在講什麼，讓我們先把畫面靜止，倒帶，讓我回溯一下。我的冒險犯難之旅其實早在駝伕求婚之前就開始，原本我買的火車票是去齋沙默，晚上十點我準時到了火車站，車站的工作人員卻不斷對我搖頭說：「沒有！沒有！沒有火車！沒有！沒有！」然後他喃喃自語，講了一堆我想連當地人都聽不懂的話。爭論一小時後，我放棄了，根本是雞同鴨講，完全有聽沒懂。於是我轉而跟另外兩個也是在車站等火車的外國人聊

▼ 下圖：超喜歡轉頭噴我口水的駱駝

▼ 拉加斯坦女性身上五顏六色的莎麗

天，他們說那位激動的站長先生剛剛也對他們說了同樣讓人搞不懂的話。

既然站長幫不上忙，顯然我們也上不了火車，我們決定另外想辦法。我們找來一位計程車司機，跟他討價還價，最後對方願意以三十元美金的價格載我們，三個人分攤一個人只要十元美金，我想十元我還付得起，只要能把我平平安安、完完整整地載到目的地就好，這應該不會是很困難或是很過分的要求吧！不過！當我看到計程車的時候，我覺得我的要求可能還真是有點過分。

結果，一趟原本單純而且短暫的車程，卻花了十幾個小時，這十幾個小時包含：計程車司機睡著開離道路衝到路邊、撞到一隻突然衝上街頭的牛（還好

司機又睡著了，半夢半醒時速只有十公里），還有計程車過熱，不斷地在沙漠中熄火……林林總總大大小小事件，總共就是十幾個小時。

最後他並沒能把我們載到目的地，不過我們還是給了司機全額的錢，他真的很倒楣也很可憐，我想他回去的路還很遙遠，不是路程遙遠，是時間很遙遠。

下了車，我們站在馬路中央，想攔輛車，請司機先生大發慈悲讓我們搭個便車。剛開始我們揮手請司機停車，但是揮手顯然沒什麼用，於是我們決定肉身擋車，用身體把整條馬路堵住，然後用力祈禱他們會停車，不會把我們直接送上天堂。這招果然有效，沒多久，我

們就爬上一台卡車，卡車司機看起來還滿臉困惑，於是我們繼續上路。

到了齋沙默，我說服新認識的朋友跟我一起參加三天兩夜的駱駝探險，全程都在沙漠中，體驗游牧民族的生活、旅行跟吃飯方式。原本這應該是趟很讚、很有趣的行程，一開始也確實如此，直到我的駱駝伕莫名其妙的問起一些刺探性的問題，例如「妳的臀部有多大」（關係到會不會生）之類的，最後他大概覺得我真的很合適，於是開口請我當他的第三個老婆。

我以為他是開玩笑。所以我笑了……然後開玩笑的回答說：「是喔！但是我比較想當大老婆耶」，我以為我用幽默的方式拒絕了他，但是他顯然並不這麼想。我說了這話之後，他並沒有跟我一起笑，一臉肅然，看起來像是受到侮辱的樣子。這真的是讓我上了一課，關於印度求婚儀式的第一堂課

我的運氣算很好，最後還是全身而退，否則萬一他火大直接讓我消失在這小鎮上，全世界應該沒有人找得到我，因為沒人知道我在哪裡，或是怎麼聯絡我。他可以輕而易舉的讓我從雷達上消失，不留下一點痕跡。不過我也要感謝他，拜他所賜，我可以跟朋友炫耀我遇過最詭異的求婚，保證第一手而且聽都沒聽過。誰會因為妳的臀部夠大開口求婚，而且是要妳當他第三個老婆？ ✈

# Off the Beaten Path
## ✈ 未走之路

## 未走之路

—— 羅伯佛斯特

金色的樹林裡有兩條岔路
可惜我不能沿著兩條路行走
我久久地站在那分岔的地方
極目眺望其中一條路的盡頭
直到它轉彎，消失在樹林深處

然後我毅然踏上了另一條路
這條路我想更值得我前往
因為它荒草叢生，人跡罕至
不過冷清與荒涼
兩條路卻幾乎一模一樣

那天早晨兩條路都鋪滿落葉
落葉上都沒有走過的痕跡
唉！我把第一條路留給未來
我知道人世間阡陌縱橫
我不知道未來能否再回到那裡

我將會一邊嘆息一邊述說
在某個地方，在很久很久以後
曾有兩條小路在樹林中分開
我選了一條人跡稀少的行走
一切的結果將截然不同

尼泊爾純女性之旅成員，媽媽 Sally、我、姊姊Christine

我愛這首詩，我愛它所表達的觀點。人生中有許多時候，我忠實的實踐這樣的理念。我喜歡走大家不常走的路，走看起來比較少人踩踏過的小徑。也因此，我比其他人面臨更多的挑戰，但是也擁有更多有趣的經驗。

為了演藝工作放棄醫學院是我人生中最大的岔路，雖然一開始並不是那麼順利，但是熬了幾年之後，終究還是有點成績。

旅行的時候也一樣。二〇〇一年我大學畢業、畢業之後到印度當志工，之後決定到台灣六個月。搬到台灣前，我跟我媽還有姐姐 Christine一起到尼泊爾做一趟「純女性之旅」，

我們想見識見識美麗的喜馬拉雅山脈。當時尼泊爾正值雨季，遊客並不多，各個地方都沒什麼人，我們是旅館裡唯一的客人，也是唯一參觀聖殿的觀光客。

有一天，我們三個女生在城市閒晃，碰到一名年輕的導遊，他說他願意帶我們去健行，穿越安那普爾那部分地區。這是一趟遊覽較低海拔區域的三日遊，其實我們很想去更高的地方，可以更接近喜馬拉雅的巨峰群，但是我們沒有足夠的裝備：包括防滑釘鞋、氧氣筒、特製登山服等等，於是我們接受了導遊的建議，放棄高海拔。

我們來到一座平坦的小山閒晃，邊走邊唱「真善美」然後一邊拍照，導

左起：尼泊爾導遊、他的媽媽、Janet的姊姊Christine、Janet、Janet的媽媽Sally

遊突然指著山下一個小村落說，那是他出生長大的地方，他母親現在還住在村裡。我媽立刻說她想下去看看，但是這個村子完全不在我們既定行程裡頭，而且如此一來就必須放棄或改變後面的行程。

不過那又怎麼樣呢？說不定有更多的驚奇就在村子裡等我們，於是我們決定往下走。導遊的村子很可愛，只有幾戶人家，一大片花園跟稻田，稻田可以自給自足，花園則跟周遭環境相融合，感覺村民與大自然相處的十分愉快而且融洽。

我們穿越村子來到導遊媽媽居住的茅草屋，他媽媽看到兒子突然回家時又驚又喜。我媽跟導遊的媽媽一個是台灣人，一個是尼泊爾人，沒有共通語言，只用肢體語言溝通。神奇的是，幾個小時之後，兩位媽媽卻弄出一桌的麵餅，讓我們享用悠閒的「 小村落下午茶 」。

我不知道這是不是當媽媽的本能，她們很開心地閒聊（應該說是優雅的比手畫腳吧），做東西給所有的人吃。這只是一頓簡單的午茶，可是午茶內容不是重點，彼此的互動與接觸才讓人印象深刻。

我們到現在都還記得這家人的好客、尼泊爾人道地的生活、他們家的樣子、平常吃的食物、以及他們是怎麼樣悠閒過日子等等。

如果我們當初按照原訂計畫，我們

就會錯過這個美好的夜晚。在整個尼泊爾旅程中，最讓大家印象深刻的不是五星級飯店，不是美食餐廳，也不是我們買的紀念品，而是這趟導遊的小村落意外之旅。

我覺得旅行最棒的地方是能真正體驗一個國家的文化，然後帶著收穫帶著回憶回家。所謂的收穫不是明信片或是紀念品，所謂的體驗不是參觀風景名勝，而是去接近在地人，從他們身上去了解當地的文化與生活。

我旅行的時候喜歡認識人，認識住在當地土生土長的人，我覺得只有這種方式才能真正認識一個地方、一個文化、一個民族。有時候你得要繞道，放棄大家都會去的地方，走條人煙罕至的路，就像羅伯佛斯特說的，走比較少人走的路。

I think this is the best part of traveling: when you can take home a piece, a memory, an experience of what that culture really is like—not how they try to sell it to you in shops selling picture postcards and tacky souvenirs, but how the people really are.

I love to meet locals when I'm traveling. I feel like it's the only way to really get to know a place, a culture, a people. But that means taking a little detour off the beaten path—or, as Robert Frost so eloquently put it, to take the road less traveled.

# A Sore Subject
## ✈ 很痛的一堂課

　　關於疼痛這件事，我最深刻的一次體驗是在柬埔寨。有一天我和一起旅行的朋友決定租台腳踏車代步，因為我們實在厭倦跟一大票遊客一起擠在吳哥窟看遺跡。

　　我們騎著腳踏車在吳哥窟附近閒晃，探索古老廟宇附近的村落。兩個人騎一整天單車，享受美麗的景致、與和善的村民聊天、第一次吃雞屁股、為那些咧嘴大笑躍進湖裡的孩子拍照。透過近距離接觸吳哥窟附近的人事物，見證真正的柬埔寨文化，讓我們想像與體會當初高棉帝國鼎盛時期應有的榮景。真的是很棒很開心的一天。

　　到了晚上，一切都不一樣了！因為在沒鋪柏油的石子路上騎整天，應該有十小時以上吧，所以屁股又痠又痛。除了屁股之外，本來一切都還好，一直到當天晚上洗完熱水澡，才開始感覺到陣陣刺痛。喔！老天！我永遠也忘不了那天晚上，真是要命的痛。

　　可是既然自詡「經驗豐富」的旅行達人，所以我依經驗假設疼痛很快就會不見。所以接下來的幾天，儘管刺痛和可恨的搔癢感沒有減緩（事實上已經變得有如火在燒），我仍然非常有自信而且很鐵齒的沒有去醫院檢查。重點是，真的有點尷尬，因為刺痛跟搔癢剛剛好就在那裡——人類生命的發源地。

　　刺痛跟搔癢也就算了，眼一閉牙一咬也還撐得過去，慘絕人寰的是我還不斷跑廁所（別擔心，我不會說得太詳細太有畫面，我知道做人與寫文章的分寸）。總歸一句，就是個讓人難堪，讓人十分不悅的狀況。

最後我終於投降承認不行，我已經痛到一碰水就會大聲咆哮、大發雷霆，我必須到急診室，立刻！

事後我曾回頭反省，我其實早該在出現下列重要而且不尋常的症狀，就盡快就醫：

1. 每次尿尿都會哭
2. 每次都哭著尿尿
3. 不想喝水以免又要尿尿
4. 走路外八像牛仔，而且走的很慢很慢
5. 還要繼續嗎？你的眉頭應該已經皺了好幾層、搖頭無法置信我的愚蠢吧！

於是我縮著腿夾著屁股（也不能夾太緊因為會無與倫比的疼痛）去最近的醫院掛急診。我像隻溫馴的小貓乖乖躺在病床上，當護士前來查看我尷尬部位的感染時，他們倒抽一口涼氣，快跑離開病房，然後用更快的速度跑著帶回

一位住院醫師。住院醫師看了之後，沒錯！也倒抽一口氣，驚訝得說不出話。

檢查之後結果我有尿道感染、細菌陰道感染、膀胱感染、病毒性尿道炎。醫生還在病歷上寫下pneumonoultramicroscopicsilicovolcanokoniosis 這個宇宙超級無敵長的字，我也搞不清楚他到底是好玩還是愛現，想說終於逮到機會寫下這個病名，因為其實我並沒有感染 pneumonoultramicroscopicsilicovolcanokoniosis。

現在我還笑得出來，還會把整件事拿來開玩笑，但是相信我，如果你從來沒有得過上述任何一種感染，你絕對無法想像當我橫掃所有細菌之後，那些痛苦的日子有多漫長，有多難以忍受，有多麼的煎熬，大概就像在十八層地獄被輪著整一樣吧。

這件事讓我學到一個教訓：下一次如果再有「那裡」或任何地方不對勁，可能影響身心健康，或是導致情緒崩潰的時候，我會立刻去做檢查，不管是不是pneumonoultramicroscopicsilicovolcanokoniosis。✈

註一：pneumonoultramicroscopicsilicovolcanokoniosis 是一種肺病，好發在礦工身上，因為吸入過多的含矽塵埃而罹患。
註二：是的！我查過字典。
註三：我真的沒有感染這個病。

# I Will Bless You
## ✈ 我將保佑你

我在印度納西克接受一天十小時密集的瑜珈師特訓，一個禮拜受訓六天，有一天是自由活動。其實在這個前不著村、後不著店的偏僻地方，所謂的休假只是讓我們可以在附近的村莊閒晃幾個小時，然後走回宿舍，再用五小時的瑜珈來度過這一天剩餘的時間。

某一天假日，我和我朋友狄威厭倦再去村裡亂晃，決定到附近爬山。一路上風景非常美麗，天氣也很舒服。爬到山頂往下看更是令人讚歎，我們居住的村落就在下方，房子被包圍在綠色的山谷中，看起來顏色五彩繽紛，從高處遠眺世界總讓人有特別的感受，感覺心胸開闊，感覺自己很偉大卻也很渺小。

可能是受訓太久有點職業病，我和狄威在懸崖邊拍一些擺瑜珈姿勢的愚蠢照片，就在拍照的過程中，我突然發現不遠的地方有一座小廟，那真的是座名符其實的小廟，外觀看起來大概只能擠進去一個人。

出於謝氏家族天生的強烈好奇心，我想看看廟裡頭到底長什麼樣子，因此我走到門口探頭往內瞧。不看還好，看了嚇得我差點心臟病發外加尿失禁，因為，裡面有一個人，而且因為廟太小，所以我探頭的時候幾乎撞到他。那個「人」坐在廟裡一動也不動，閉著眼睛什麼話也沒有說，沒發現我差點撞到他，也沒聽見我被嚇得撞到天花板的慘叫聲。

我深呼吸緩和情緒，等到稍微沒那麼緊張之後，低聲了說聲對不起，然後準備撤退落跑。就在這時候他突然開口說話「我將保佑你。」（I will bless you）

我以為我聽錯了，愣了三秒鐘才回神，但是我確定他真的是說要為我祈福。我心想，不管他是好人、壞人或是怪咖，不管我有多緊張多害怕，如果有人在山上小不拉機的廟裡說要幫我祈福，我想我最好還是答應他。

於是我想辦法擠進廟裡，而且盡可能不要碰到他，免得他覺得被冒犯，然後坐下來面對他，接著他開始吟誦經文，很長很長的經文。他把手在我身體四周和頭的附近搖呀搖，含糊地說著一些我完全聽不懂的話（我猜可能是古老的梵文吧）。就在我快要睡著而且開始神遊的時候，他停了下來，輕輕碰一下我額頭把我拉回現實。

接著他說：「妳已經被保佑了」（You are blessed.）

然後一整個安靜，他再次不理我。我就這樣僵在那裡，不知道接下來該怎麼辦，這位先生完成了保佑我的儀式之後，又回到原本的打坐姿態，一動也不動，繼續他的靈修。於是我說了聲"namaste"（印度話的謝謝），然後緩緩退出小廟。

我一邊走，一邊回頭看，心想那間小廟和那個神祕的祈福男子，會不會在我回頭的時候突然蒸發消失於空氣中。我還捏了自己幾下來確認剛剛所發生的事情不是夢境。然後我摸了摸我的額頭，發現額頭上沾有紅色的記號，證明剛剛的一切都是真的耶，而且更重要的是，我已經被保佑了！

我喜歡在旅途中遇到這樣的驚喜，其實從一開始，從頭到尾，這整個瑜珈訓練課程就是一次奇遇，在這一個月中，我遇到好多出乎意料之外的事情，這些事情到最後都變成我生命中最棒的經驗之一。我站在山頂上欣賞美麗的風景，讚歎眼前的景致，從來沒有料想到還有更多更棒的體驗即將發生。所以有時候我們必須提醒自己保持彈性，張開雙眼感受身邊的事物。旅行的意義也是如此，它能教我們很多生活上的事，不要刻意去抵抗命運，誰知道它們會不會替你帶來像我一樣，在一個陌生的國度被一位陌生人祝福呢？

# Meditation: Better than Sitting Around Doing Nothing
## 靜坐好過什麼都不做

泰國曼谷，一個充滿活力與微笑的城市，這裡有各式各樣的大型商場、超級購物中心、以及全亞洲最大的假日市集，這裡是購物天堂，也是世界最著名的旅遊景點之一。

但是，我現在卻在曼谷安靜的……坐著。

是的！不要懷疑，我就只是坐著，一動也不動，超過十個小時。我來曼谷很多次，為了拍廣告、轉機、還有一次是從柬埔寨一路玩到蘇美島經過曼谷，每次的目的都不一樣，但是這次最特別，因為我要來這裡打坐。

瑪哈泰寺（Wat Mahathat）離大皇宮以及金廟不遠，這兩個地方每年吸引數百萬的遊客。瑪哈泰寺雖然離觀光景點很近，卻是供人打坐與修行的地方。這裡有個課程，每一梯次十天，學員在這十天中每天須靜坐十小時。據說這總計一百小時的時間，可以讓人找到平靜的心靈、淨化自我、重拾人性最純真的本質。阿彌陀佛！但是對我來說，光是第一天的十小時，就快讓我瘋掉。

你先不要嘲笑我是過動兒，你自己試試，不必十小時，只要十分鐘就好，拋開所有的雜念，盤起雙腿……也不必盤腿，只要維持一個姿勢不動（我知道你在想什麼，請坐著不要躺著，是靜坐OK），不動……我覺得……哇哩咧時間怎麼過得這麼慢呢！

我一直以為我已經嘗試過各種的旅行方式，可以稱得上是Pro，所以當有人挑戰我的權威，告訴我泰國有間寺廟，只要打坐守規矩，就可以包吃包住，我什麼都沒想就打包上路了。

所謂的規矩其實粉簡單：

1. 女人不可以碰到和尚
2. 只能穿白色衣服
3. 除了尼姑之外，不可以跟任何人交
   談，而且話題只能跟打坐有關
4. 除了用餐時間之外，不可以吃任何東
   西（這裡一天兩餐，可以吃葷）
5. 要幫忙打掃做雜事

我覺得這真是旅行泰國的最好方式，透過精神層面來了解這個國家，泰國以佛教立國，全國百分之九十五是虔誠的佛教徒，想體驗原汁原味的泰國生活，沒有比到當地誠心禮佛、靜心打坐更好的方式。更重要的是——吃住免費。

我與可愛的泰國小和尚，看到小和尚手中的Wally了嗎？

● 打坐的第一天：

剛開始的兩個小時感覺像是二十個小時，我一直偷瞄旁邊的人，用餘光找出任何可以告訴我到底還有多少時間的東西。想著我到底為什麼來這裡？我是瘋了嗎？我能撐多久？等一下打坐結束我們會吃什麼？我的腿毛究竟有幾根？可以出去逛街嗎？規矩應該沒有不能逛街這一條？總而言之，我是整個心浮氣躁心神不寧。

兩小時過後更慘，幽閉恐懼症的症狀一一浮現，我感覺自己被囚禁在密閉的空間，空氣無法流通又悶又熱，我開始頭昏腦脹，房間在眼前旋轉，我覺得沒辦法呼吸，然後就暈了過去，整個人躺平癱在地上。我到那一天才知道，原來光是坐著不動，也是可以坐到昏倒。

當然，我沒辦法完成剩下的時間，於是我告訴師傅身體不舒服，然後回到臥房，躺在鋪了浴巾的地板上，瞪大眼睛凝視著天花版。好想頭也不回地逃走，我好像被關在牢籠裡，失去自由無法掙脫，我不可能完成這十天的訓練，這太難了。不過我還是硬逼自己留下來，因為我是自願報名參加的，好強的個性讓我很想克服這個挑戰，完成當初的決定。

● 打坐的第二天：

經過第一天的洗禮，第二天感覺容易多了。二個小時過後我並沒有暈倒，於是我下定決心無論如何一定要熬過十小時。我依照師傅的指示，摒除雜念，

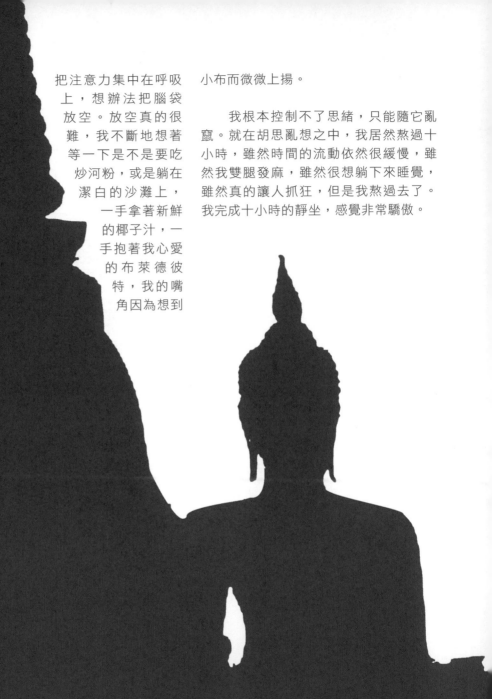

把注意力集中在呼吸上，想辦法把腦袋放空。放空真的很難，我不斷地想著等一下是不是要吃炒河粉，或是躺在潔白的沙灘上，一手拿著新鮮的椰子汁，一手抱著我心愛的布萊德彼特，我的嘴角因為想到

小布而微微上揚。

我根本控制不了思緒，只能隨它亂竄。就在胡思亂想之中，我居然熬過十小時，雖然時間的流動依然很緩慢，雖然我雙腿發麻，雖然很想躺下來睡覺，雖然真的讓人抓狂，但是我熬過去了。我完成十小時的靜坐，感覺非常驕傲。

●打坐的第三天：

真是不可思議，我竟然覺得打坐還滿有意思的。第三天，我不再只是坐著胡思亂想，我開始進入冥想時清靜無擾的狀態，放空心靈無所牽絆，真的很妙。沒有冥想放空的時候，我開始幫忙料理做些雜事，因為不會說泰文，所以太複雜的工作也輪不到我。我只能幫忙洗菜、切菜、掃地、擦桌椅，我比手畫腳地跟他們溝通，尼姑們都很友善，她們似乎已經原諒我第一天暈倒在地上的事（我想他們根本就沒放在心上，習慣了），我開始覺得這個廟有家的感覺。

第三天過得很棒，我很高興當初選擇用修行來了解泰國，同時也很慶幸自己沒有第一天就離開。

●打坐的第四天：

我完成五小時的打坐，然後回到房間收拾行李，留下白色的打坐服給下一個想要自我探索的人，跟我的尼姑朋友們一一道別，捐了一點錢，然後搭上飛往巴黎的飛機。

我常常在想，如果不是訂了第四天的飛機飛往巴黎，我會不會留下來完成剩下六天的打坐？從小我就告訴自己，只要下定決心，這世界沒有辦不到的事情。

不過對於打坐這件事，我心裡頭還有另外一個聲音告訴我，我很快就會放棄，因為我是個過動兒，我的個性一向靜不下來，永遠都在尋找新的刺激，新的探險，新的樂趣，我怎麼可能在剩下的六天每天乖乖坐在那裡十小時。

這次的泰國打坐四日遊獲益良多，不只屁股痠痛，我還體認到，旅行方式真是五花八門，無聊的方式也可以是一種創意。

雖然說一個禮拜的時間，不可能深入了解一個國家的文化，但是挑一個微不足道的起點，認真深入的去體會，或許可以開另外一扇門，讓你更容易進入另一個文化的靈魂，更酷的是，你還可以透過這樣的方式了解你自己，探索自我。

泰國曼谷瑪哈泰寺給我全然不同的體驗，比我過去任何的旅程都充實，因為我從心靈的層面去旅行這個國家。

現在你應該知道旅行不一定非得花大錢，或是跟著旅遊指南走行程，不必按照經驗法則住飯店或是青年旅館，不必擠在擁擠的人群之中購物，也不必透過著名的觀光景點來了解當地。

有時候只要你知道該往哪裡走，或是像我一樣，知道該往哪裡坐，最大的驚喜與收穫，往往就隱藏在最不起眼的角落，最最讓人再三回味，永遠難忘的回憶，其實遠在天邊，近在眼前。

> 挑一個微不足道的起點，認真深入的去體會，或許可以開另外一扇門，讓你更容易進入另一個文化的靈魂。

# When Work Is Child's Play
✈ 這份工作是……陪小孩玩

　　書上常說女人天生就有母性，顯然寫書的人並不認識我，不然就不會這樣認為。從小到大我跟嬰兒一直都不太熟，但是在二〇〇四年，我不得不學著跟他們混熟，因為不然我會餓死。

　　二〇〇四年我帶了一個行李箱、一個小背包、以及遠大的夢想跑到巴黎住。好啦！我承認我是為了我的法國男朋友才搬去巴黎的，不過這不是重點，重點是我想獨立自主過我的生活，這也是我天生的本性。但是要在一個語言不通、人生地不熟、我又不能合法工作的國家表現獨立的一面，確實是有點困難，這樣講算是禮貌性的含蓄，其實是非常困難。不過我一向堅信很難不代表不可能，不管是什麼樣艱難的環境或是多麼棘手的問題，只要勇往直前，最後一定會有好結果。我花了一個月在巴黎安頓下來，然後試著找工作，我幾乎應徵過各種工作，包括巴黎當地中國旅遊局的導遊，但是沒想到面試很快就結束：

　　**對方：你會說中文嗎？**
　　**我：一點點。**
　　**對方：你會說法文嗎？**
　　**我：不會耶！**
　　**對方：巴黎你很熟嗎？**
　　**我：我一個月前才搬過來。**
　　**對方：……謝謝！**
　　**我：喔！好！謝謝！**
　　**所以我可以在這工作嗎？**
　　**對方：嗯……我們會再通知你。**
　　**我：喔！好！謝謝！**

　　之後，我試著打電話聯絡一些模特兒經紀公司，看看他們有沒有需要東方臉孔的模特兒，他們一開始對我很有興趣（歐耶！），直到我說我的身高不到

一九〇，體重超過四十五公斤之後，他們就謝謝再聯絡，我想我在巴黎的模特兒生涯，除非奇蹟出現，否則應該是毫無指望。

我也去中國城的餐廳應徵過廚師、服務生、門房、雜役、洗碗工……結果什麼下文也沒有。我到台灣文化中心詢問缺不缺會說台語和一點點中文的英語老師，他們對我很有興趣，問題是所有的小朋友都放暑假去了，我只能一個月後再來。雖然說終於有件可能成功的工作，但是我應該會在那之前就先破產流落街頭，所以還是得再找其他工作賺錢，而且要快，在我一文不名，浪跡巴黎街頭撿寶特瓶之前。

我也考慮去街上當街頭藝人賺錢，但是就算我有帶小提琴來法國，我還是不能表演，因為我拿不到街頭藝人許可證，沒有許可證在街頭表演，被活逮會驅逐出境。我上網查、四處問、在論壇上貼文、哀求、懇求、乞求，唯一沒嘗試的大概只剩下出賣肉體了。

瀰漫絕望氣息的某一天，我幾乎要放棄在巴黎找工作的念頭，當天姊姊在巴黎的朋友問我能不能幫忙照顧她七個月大的小嬰兒，她跟她先生要外出用餐。我想小嬰兒反正都在睡覺，我也不必特別去做什麼，只要陪他幾個小時，待在家裡，看看電視DVD，等他們吃完晚餐回家，於是我答應了。時間過得很快，幾個小時一下就過了，也沒發生什麼特別的事情，他們夫妻回家之後，我跟他們道別，本來以為只是義務幫忙，沒想到他們竟然給我二十塊歐元！二十歐元在我的腦海裡打出一道強光，嘿

嘿……我終於知道我能做什麼了！我很快就找到我的第一隻白老鼠，咳咳……應該說是第一個幸運的家庭。他們人很好，耐心的聽我解釋以及自我推薦，我說我沒有相關經驗，不曾幫小貝比換過尿片，而且最貼近嬰兒照護的經驗是幫我養的寵物兔子打針。但是我強調我非常非常需要這份工作，重點是我學得很快，而且根據書上的講法，我是個女人，所以我絕對具備母性的特質。

他們想了想之後選擇相信我，於是我馬上被雇用上班。我的第一個嬰兒Nathalie是個天使，雖然全天下的父母都會這麼形容自己的小孩，但Nathalie真的是我前所未見、超好養的小寶寶，她也是我目前唯一照顧過的嬰兒。回頭想想，她確實是我的天使，我的甜心寶貝，在我最無助的時候出現在我生命中，能夠照顧她是我的運氣也是我的福份，我也很開心當她的保母。Nathalie的父母也是我見過最好的人之一，我跟他們變成了好朋友，當時一個人在國外，朋友對我真的非常重要。

我為他們工作之後，經由他們的介紹以及朋友的口耳相傳，又得到更多當保母的機會。到了月底，我已賺到足夠的錢去上一天四小時的法語課、慰勞自己買些美味的法式巧克力、起司、淡菜、法國麵包、甚至鵝肝醬！

雖然我還是買不起人生的第一個LV包包，但是沒差，我相信未來總有一天我會買得起。至於現在嘛，我只想証明我一個人在巴黎也能把自己照顧得好好的，只要我記得出門前洗掉小寶寶在我T恤上流的口水和灑的尿。

# Desert Pee
## ✈ 沙漠之尿

撒哈拉沙漠是一個很妙的地方，它是全世界最大的沙漠，約九百萬平方公里，差不多跟美國或歐洲一樣大。這些沙丘隨隨便便就高一百八十公尺，超過三百萬年歷史。二〇〇四年我們全家人一起去了一趟撒哈拉沙漠，那是一趟很讚的旅行，我跟家人晚上就睡在沙丘邊。這些沙丘會隨風移動，緩緩橫越整個沙漠，沙漠上的樹、帳篷（或許你正睡在裡面）、車（如果你開得夠慢）、甚至整座城市，都可能在一夕之間被掩埋，不留下任何痕跡。

除了有吞噬的能力之外，撒哈拉沙漠還有一個很神奇的地方，特別是當你走在沙漠的中央。因為這裡的沙不斷來來回回移動，所以腳下踩的沙可能是幾千年前埃及法老王圖坦卡門、阿拉伯的勞倫斯、小王子、甚至是耶穌所踩過的。風吹蝕撒哈拉沙漠千萬年，將沙粒捲起又拋落，來來回回，沙子因而變得又滑又細，觸感就像水一樣。

我跟姐姐躺在沙丘上，輕輕地撫摸著細沙，閉起眼睛，細沙像水一樣流過指尖。看著沒被光害污染的滿天星斗，這裡的星星又亮又大，每一顆看起來就像要從天空向你俯衝而來，大自然真的

是非常神奇而且偉大，就在這時候，我開始感受到身體內大自然力量的召喚：我好想尿尿！

經過這幾天的沙漠生活，我們都已經習慣沙漠的生活方式，想上廁所？自己找一個安靜的小角落，就可以自由自在的灌溉土壤。但是現在是晚上，我害怕脫隊，不想跑太遠，所以就在沙丘附近隨便找個地方解決。就在上廁所的時候，我看到好幾顆流星劃過天際，照亮整片天空，而且時間很長，足夠許上三個願望，於是上完廁所之後，我興奮地跑回營地告訴大家，找大家一起爬上沙丘看流星。

我們全都仰著頭站在那「哦！」或是「哇！」的對著天空驚嘆，看著一顆又一顆閃亮的流星拖著長長的尾巴橫越星空，就在大家不斷讚歎的時候，突然有人大叫一聲，我媽媽 Sally 說：「奇怪！這裡的沙子踩起來怪怪的！其他的沙子都又軟又滑又冰冷，怎麼只有這塊特別不一樣，溼溼黏黏有點溫暖。」

聽到她這麼說，大家馬上跑過去湊熱鬧，把腳踩在我媽媽說的那塊沙地上，用沙子磨蹭自己的腳，感受她口中說的特別觸感。忽然我跟姐姐同時意識到：這裡不就是我剛剛尿尿的地方嗎？

我和姐姐不敢吭聲，只是心裡竊笑，沒多久我媽媽也發現了（應該是味道終於傳進鼻子裡），她跳起來大喊（這段話我一輩子都忘不了）：

**「拜託哦！我大老遠從世界的另一頭飛過來，然後橫越大半個撒哈拉沙漠，站在撒哈拉沙漠的最中間，怎麼就這麼倒楣剛好踩在妳的尿尿上面？」**

我們都笑翻了，笑到肚子痛，笑到每個人都差點失禁，差點在這廣大的撒哈拉沙漠中間，製造更多的濕地。✈

# Desert Pee
## 沙漠之尿

Being in the Sahara desert was an amazing experience. The world's largest desert, at over 9 MILLION square kilometers, is roughly the size of the entire USA or continental Europe.

The sand dunes, which can reach over 180 meters in height, have a history of over 3 million years. My family and I got to sleep near these sand dunes, which are like mobile mountains: they shift with the wind, slowly inching their way across the desert, completely covering roads, trees, tents (if you're caught napping), cars (if you're driving slowly enough), and even entire cities.

Aside from their ability to envelop and smother everything in their paths, sand dunes are quite awe-inspiring. especially if you're in the middle of the Sahara, where the very sand you are on could easily be the same sand that say, King Tutankhamun, Lawrence of Arabia, the Little Prince, or for all we know Jesus walked on thousands of years ago. And, because it's been rolling around, tossed around, blown around for all those thousands of years, the sand there is so smooth it almost feels like water.

My sister and I were lying on top of a dune one evening, caressing the sand (so soft that it felt like water running between our fingers) and staring up at the stars, which, being in a sky unpolluted by city lights, shone so big and bright that they looked as though they were staring back at us in their kazillions, when, of course, I found myself having to answer the call of nature: I had to pee!

We were already accustomed to life in the desert, and when nature called we would simply go and find a little hidden spot somewhere and "fertilize the flowers." Since it was dark, I didn't want to wander too far, so I just did my deed on a patch of sand a°

short walk away on our sand dune. As I did, a flurry of shooting stars suddenly started blazing across the night sky, so I hurriedly finished my business and ran to tell the rest of the camp to come check it out.

We were all standing there, ooking and aahing at the celestial display, digging our feet into the cool desert sand, when my mom announced that the sand felt different up here than at the bottom of the sand dune.  It was so cold and smooth and waterlike that she could swear it felt wet.

As she said this, everybody else came over to try and rub their feet in the sand she was standing in to sense that cold and wet feeling. It was only then that it occurred simultaneously to my sister and I that we were standing awfully close to where I had just gone to the bathroom. I think my mom had the same realization (or maybe the smell finally hit her) not much later, because she jumped up and exclaimed something I will remember for the rest of my life:

"Are you kidding me? We're in the middle of the Sahara desert and I somehow manage to step in your pee?!"

Oh, how we all laughed: a really good, bellyaching laugh in fact, the kind of laugh that very nearly had many of us producing a little soft, wet sand of our own.

# Part 3
Let the World Be Your Playground

# Between the Sheets
## ✈ 一些床上的事

　　關於「睡覺」這檔事我是超級不挑，無論硬或軟、寬或窄、長或短、小或大，任何形狀大小我都可以。別想太多，我說的是我們習以為常、花去一生百分之三十五的時間躺在上頭的「床」。根據統計，睡覺佔了每個人生命的23.45年。（23.45年的睡眠時間代表我們約有43.6年是醒著的，然後，從中各扣掉十年給兒童跟老年時期，所以真正剩下的精華歲月並不多，好好善用每分每秒及時行樂吧！）

　　抱歉！離題了！回到今天關於床的主題，如果你像我一樣愛趴趴走，跑遍許多國家，一定也會累積很多有趣、奇特的異國「床」的體驗。

　　我不是那種挑剔一定要睡哪裡的人，也不需要五星級、奢侈的六百織埃及棉布床單和羽毛枕才能安然入睡，然後滿心期待會做個好夢，夢到與布萊德彼特一起躺在床上。不過！真有這麼好的事我也不介意啦！（我的好事不是指夢見跟布萊德彼特躺在一起，那麼舒服的床單跟枕頭我是不可能故意耍帥扔下床的！）

　　基本上，床對我來說只是晚上用來睡覺的地方，好讓我清醒之後可以好好享受更多好玩而且新鮮刺激的旅程。不過，這麼多年來躺遍大江南北的歷練，有些床真的讓我印象深刻。對我來說，有時候床不只是張床，床也可以是美麗的故事或難忘的經驗，好比以下幾個例子：

　　**我的最愛：**
　　因為一身好睡功，所以只要你說得出來，不管是搖晃、飛行、漂浮、滾動、跳躍、重擊等等各種極端狀況，我

都能睡。你也許會質疑：在旅行途中睡覺多麼浪費，應該要看看窗外、欣賞路上美麗的風景才對啊。（以前跟家人在美國旅行，如果不小心在車上睡著，爸爸都會把我罵醒，要我多看看沿途的風光。）

有句話說得好，旅行不是只為了參觀目的地，過程中的每一刻都是在旅行，所以我們應該要享受每分每秒（這是我爹地要求我這樣寫的！哈哈！開玩笑的啦！真的不要從頭到尾都在睡覺喔，你會錯過很多美景）。但是坦白說，在路上打瞌睡也是在享受旅行啊，不然在家睡覺不就好了。其實放輕鬆隨興一點，但是也不要一路睡，盡量保持清醒，看看外頭美麗的樹林、山啊海的，免得後悔。

現在大家都明白我非常能睡，而且連在移動的車上都可以睡得很香甜。那麼，哪種交通工具是我最喜歡睡，而且睡得最誇張的呢？嘿嘿！臥鋪列車絕對是我的最愛，不知道是不是因為我在成長過程中從來沒有搭過火車，或是看太多浪漫小說，敘述在火車上巧遇讓人神魂顛倒心神俱碎的男人，而導致從我開始獨自旅行，就愛上搭火車。而且，火車開得越慢越好，時間愈長愈好。所以，當我第一次知道可以在火車上過夜，我心想，天啊！原來這世界真的有天堂。

印象特別深刻的一次，是在往蘇梅島的路上，從曼谷坐到素叻他尼。那不是很豪華的火車，事實上就連「還好」都差很遠。而且我們買了二等車廂的票，所以沒有冷氣，但是窗口可以開點小縫。我原本以為這一路上會被熱翻，沒想到當我們往南愈來愈接近赤道地區，沒有冷氣居然不是問題。因為整夜窗口開著小縫，火車又在行進，新鮮空氣不斷吹進車廂，空氣流通，當然睡得舒服。

我一大早就醒了，享受著最甜美最怡人的微風。不想讓其他感官取代這美好的感覺，我幾乎不想睜開眼，但是當我忍不住張開雙眼，看到的卻是最簡單但卻也最感人的景色，剛好與陣陣的微風搭配得恰到好處。

朝陽剛從地平線探出頭來，泰國鄉間的農田與農舍忽遠忽近，匆匆一瞥農人正開始收割稻米，下一幕卻是水牛悠閒地散步田間。除了火車轟隆輾過鐵軌的聲音，清晨五點，大地一片寂靜，我覺得自己好像第一次認真看世界，感覺如此的新鮮、如此的不受干擾、如此的自然純粹。

我笑了，這是我和世界獨處的時刻；一個重新審視自己的時刻，感覺真的很棒。我蜷起身子，將我的手臂勾住當時最想依賴一輩子的人，心滿意足地倒頭繼續睡覺。那是我這一生當中，身體每個細胞都感到百分百滿足的時刻，誰想得到這麼美好的時刻居然是在一個二等臥鋪的車廂呢？

**最便宜：**
巴西有最美、最輕巧、又最堅固的手工吊床，我用五塊錢買了一個，想說這是回家送給爸媽最好的禮物，他們應該從來沒有看過這樣的吊床。

我最大的錯誤就是太早買吊床，整個行程都多一件行李要提。吊床不貴，但是卻大大增加我行李的重量。不像背包裡其他用得到的東西，它只是個要送人的禮物，不具任何實用功能。一直到有天深夜一點多，我抵達巴西海灘小鎮Jericoaracoa，找遍四處都訂不到旅館，這時候吊床終於派上用場。

我有兩個選擇：在這個沉睡中、我一點也不了解的小鎮上四處遊蕩，看看能不能找到可以讓我待上幾小時的房間；或者，拆開要給我爸媽的禮物，選兩棵樹把它吊起來，就在星空下、吹著沁涼的微風免費過一晚。我很快地做了抉擇躺上吊床。（我覺得我在半夜或非常疲憊的時候反應特別快也想得特別清楚，不過讓我快速下定決心，放棄找真正的床來睡的原因是，我非常非常非常非常的疲憊，真的懶得再動了！）

那晚我發現把吊床拿來睡真的要比當做未拆封的禮物來得實際，而且吊床不但能用來睡還能捲起來當毯子，還可以當蚊帳！整晚我睡的像個嬰兒（雖然早上醒來屁股很痠），然後我又花了幾個晚上學習睡吊床的最佳姿勢，於是再也不會因為腰痠背痛而必須半夜醒來調整睡姿。

最後，我就睡在那吊床上兩個星期。算一算費用，十四天除以五塊錢，**每晚我花三十六分錢睡這張床。這百分之百是我睡過最最便宜的床。**

喔！你可能想問我那我爸媽最後到底有沒有拿到這個吊床呢？答案是……並沒有。是自己偷偷留起來用嗎？不！

我不是這種人（欸……也要看狀況啦）。因為就在離開巴西的前幾天，我遇到一間旅館老闆很喜歡這吊床，所以我用它交換到三天沙帕達迪亞曼蒂納國家公園的叢林導覽。我算是賺到了，靠一張吊床獲利。當然，很遺憾它必須換主人，畢竟我們曾經一起度過美好的時光，但是我也很開心看見有人跟我一樣那麼喜歡它。誰知道呢？說不定哪天我又回到那間旅館，那張五塊錢吊床也許依然留在那裡，讓其他過客也能跟我一樣，擁有許多快樂的夜晚，而且百分之百不會被蚊子騷擾喔！

最小：

我在巴西里約熱內盧外的格蘭德島海灘待的濱海小小屋是我住過最小的房子，當然也是最小的床。基本上，我個人認為房子根本就是蓋給阿富汗獵犬或洛威納等大型狗住的，一點也不誇張。我猜房子的主人大概嫌生活太無聊，想整整我們這些可憐的旅人，看我們的笑話。讓我們滿心歡喜，以為走運可以便宜住進夢想中的「濱海小屋」，享受開門就見海的奢侈感覺。等到住進去才知道，所謂的濱海小屋其實是必須蜷起身體才能塞進去的濱海小小屋。

大體上來說，「濱海小小屋」也不算太糟啦！我必須讚美主人的遠見（或許我該讚美的是當初選擇這裡定居的狗狗）；我每晚看著星星睡覺，踏出門口一步就是沙灘，清晨就在一波波的海浪聲中醒來。其實如果你懂得住這房子的訣竅，小小屋住起來還挺舒服的。每當我躺進小小屋，彎起身體蜷伏睡覺，感覺非常心滿意足。唯一的遺憾是我的腳太長而屋子太短，所以會露出一小節在

屋外，讓我對我那一截腳沒能分享到小小屋的舒適體驗而有點不太好意思。

雖然這是我個人住過最小的床，但是我聽說日本有一種稱作太空膠囊的旅館，專門提供給精疲力盡或喝醉的人，只要花個幾千日圓，就可以在棺材大小的房間裡休息一個晚上或幾個小時。有機會我一定也要來試試，好打破自己的紀錄。不信你可以上網查一下「太空膠囊旅館」，聽說小歸小，裡頭還附電視、電動玩具、無線網路⋯⋯喔！老天，日本人真是厲害，難怪有那麼多哈日族。

**最柔軟：**
就像全天下所有的媽咪都覺得自己的孩子是最可愛的一樣，很多人都認為自己的床是全世界最柔軟最舒服的床。

如果你也這樣想，那你一定要試試我姊夫的阿姨家裡的棉花糖床，床就在瑞士阿爾卑斯山因特拉肯冬季度假屋的閣樓裡。相信我，如果你睡過，你也會同意我的說法，那的的確確是全世界最柔軟的床。

經過長途的跋山涉水之後我們在傍晚抵達瑞士穆倫，大家都累壞了，又餓又臭。雖然精疲力盡，但是我和姐姐可是來自美食至上的謝氏家族，我們當然永遠也不可能會累到吃不下當地美食，更何況其中還有我最愛的起司鍋。如果你了解我，知道我有多愛吃，知道我有多麼多麼愛吃起司，那麼我說我那晚一共吃了二點二磅（一公斤）的起司，或許你的下巴就不會掉得那麼下面。

吃完起司鍋之後，我覺得我已經累到要暈倒在起司裡了。更慘的是，我還接著喝了很多的梅子蒸餾酒，因為姊夫說這可以避免因為吃了大量的起司導致腸胃消化不良。我的酒量一向是一杯就醉，於是徹底昏迷，大家只好抬著不省人事的我到閣樓。到了閣樓，我發誓我記得我是以非常非常緩慢的動作，臉朝下栽進全世界最柔軟的床上。

那看起來一點都不起眼的床，有一張全世界最棒的鴨絨被，就算是六星級飯店的被子也沒辦法跟它比，真的差太遠。從它柔軟蓬鬆的觸感來判斷，我想應該有不計其數的鴨子要因此光著屁股，才能製作出如此驚人的世紀柔軟羽毛被。而我之所以稱它為棉花糖床，是因為一躺下去好像跳進棉花糖裡頭，整個人都會被吞沒。

一直到現在，我還是常常想起那張床，那張鴨絨被，懷念它的柔軟舒適。那如棉花糖般的床，無論我怎麼翻滾都能包裹住我的那床被，讓我感覺像是睡在雲裡頭，這樣的形容，我想你應該有點具體的畫面了吧。

雖然我沒辦法親自帶你到瑞士阿爾卑斯山因特拉肯冬季度假屋的閣樓體驗那張羽絨床被，證明我所說的絕對童叟無欺。但是這故事裡頭最重要的，是一開始我所強調的，其實我們都有自己專屬的棉花糖床，一張讓你感覺舒適、幸福、安全的床，在你疲憊的時候，給你最溫暖的擁抱，為你的一天畫上完美句點。其實，那就是全世界最柔軟的一張床了。所以，好好珍惜與善待你的專屬棉花糖床吧（天啊！一想到我家那

張床，我就昏昏欲睡什麼都寫不下去了！）

**最貴：**

對大多數人來說，在豪華飯店、度假村或私人別墅花上幾百塊或幾千塊美金住一晚並沒什麼大不了。我自己就住過新加坡麗嘉登酒店及超級奢華的麗江悅榕，也住過澳門葡京酒店的總統套房，但是這兩個都不是我睡過最貴的床。我個人睡過最貴的床的殊榮，要頒發給一九九八年我和姊姊一起睡的雙層床鋪。沒錯，有上下鋪的那種床，而且床是放在一個移動中的大鐵盒裡頭。

一九九八年夏天，我和 Christine 一起當背包客環遊歐洲，夜宿青年旅館，四處投靠朋友、省吃儉用玩遍歐洲各地。我們剛花了好幾天從瑞士一路玩到義大利、西班牙，現在正在火車站，要買從西班牙馬德里開往法國巴黎的臥鋪火車車票。

因為當時還沒開始使用歐元，所以幾個禮拜下來我們手上有各種國家的鈔票。因為是最後一班車，所以我們慌慌張張、匆匆忙忙地買了車票，趕緊跳上火車，完全沒有發現，我們刷卡六萬西幣所買的車票，換算成美金是四百元而不是四十塊錢。

上了火車我們一節一節車廂找位子，經過豪華的私人頭等艙套房（有私人冷氣以及衛浴設備）我們連想都沒想就直接跳過，繼續下一個車廂，然後發覺不對，回頭仔細看門牌，找到我們的房間。你可以想像兩個背包客，在一九九八年一班馬德里開往法國的火車上，瞪大眼睛看著雙層床鋪（還附自動升降梯）、私人水槽、專屬冷氣和廁所時有多麼的驚恐嗎？我們還自言自語：喔！這就是我們的房間。然後才恍然大悟，原來我們刷卡六萬元西幣買的是頭等艙不是經濟艙，於是我和 Christine 的表情在短短幾秒鐘之內從驚喜、難以置信、興奮、轉變成發現匯率換算錯誤之後的驚駭，而且驚駭指數完全破錶。

不過，謝氏姊妹並沒有浪費四百美金，我和姊姊在接下來的八小時非常努力地使用房間的每一個角落。我在私人水槽至少刷了六次牙（怎樣，我就是想刷牙啊！咬我喔！），我不停用自動升降梯上上下下一直到頭暈，我們在火車上不停的進進出出車廂，然後四處晃來晃去，內心激動澎湃但是又得故作稀鬆平常、滿不在乎地向其他旅客炫耀，心裡頭不斷地下旁白：我們是謝氏姐妹，就住在（這時候必須先停頓幾秒鐘，然後加上點輕輕、驕傲地咳嗽聲「嗯哼」）——頭等臥鋪套房。（但是當我們收到信用卡帳單的時候，完全是垂頭喪氣無法抬頭走路。）

雖然那張床只比我六歲時睡的雙人床大一點點，但是在我心中，它卻是我睡過最貴的一張床。而且，你知道嗎？四百塊錢只能待八小時，八小時花的錢，是我們那一趟歐洲之旅所有旅館支出總合的兩倍。

不過，那一次難忘的烏龍事件卻成為我和姐姐這十幾年來最難忘也是最甜美的回憶。金錢來來去去，有時多有時少，但是回憶卻永遠不會抹滅，永遠陪伴我們成長。

最擁擠：

這其實還滿難選的，身為一個清苦的旅行者，我睡過太多擁擠的床，所以真要選出最擠的還真不容易。不過我倒是記得有一次跟十幾個小孩在 **Camp Good News** 的時候一起擠在一間小木屋裡；另外一次是十二歲，德州名家小提琴樂團的所有成員溜進姊姊和我的房間喝雪碧混紅酒，然後我們一個一個分別昏睡在浴室、床鋪、衣櫃、以及房間的各個角落；還有一次是我和好朋友熬夜聊天、看恐怖片，最後所有人像倉鼠寶寶一樣依偎在一起睡著。

好吧！因為這篇文章講的就是「最」怎麼樣這件事，所以還是得要有個決定。我想我睡過最擁擠的一張床應該是在法國尼斯，六個人像沙丁魚罐頭一樣擠在一張小床上。我知道，六個人聽起來不是那麼多，似乎也還好，但是你知道嗎，這六個人（加我六個）是在走進房間之前的五分鐘才認識的，而且六個人都沒有衣服可換、沒有牙刷可以刷牙、沒有真正聊過天講過話、甚至大家都沒有多餘的錢，所以才會可憐兮兮的一起擠在一間破旅館。

事情是這樣的：我和姊姊在尼斯的海灘享受了美好的一天，玩水、欣賞風景、跟可愛的法國小男孩約會，很棒的一天。而且因為時間很充裕，可以放緩腳步慢慢來，不必趕時間，我們身邊也沒帶什麼東西，所有的衣服、日常用品、大部分的錢都放在背包裡寄放在車

素昧平生從未碰過面的六個人，來自四個不同國家、為什麼會一起擠一張床的由來。是的！這是我有史以來睡過最擠的一張床！

站，只留些隨身物品。我們只要在七點之前去火車站的行李寄放處拿背包，然後搭七點十五分的火車離開，時間綽綽有餘。

時間差不多的時候，離開海灘之前，我們重複檢查了一次隨身的東西，確認寄放處的票根、護照和火車票都在身上，才放心的前往車站拿行李。下午六點五十二分，我們手拿票根來到寄物處的大門，工作人員正準備鎖門，於是我們用很蹩腳的法文說要拿行李趕七點十五分的火車，麻煩讓我們進去拿完行李他再關門，畢竟時間還沒到，還有八分鐘才七點。

準備關門的工作人員卻以破破的英文回答：「關門了！明天再來！」

我和姐姐當場傻眼，為了確認他沒搞錯，或是因為他的英文太爛，文法不好，分不清楚現在式和未來式的不同，更要確定他不是開玩笑，所以我們又重複了一次，請他讓我們拿行李（我們明

看到後頭的門還沒關）。這幾句對話花了我們三分鐘，所以這時候是六點五十五分。

他又重複道：「寄物處門關了，明天再來拿。」這次的語氣很堅定，讓人不但不再懷疑他的英文能力，也確定他真的不是在開玩笑。

這下我們緊張了，我們試著解釋火車快要離開，行李卻還被鎖在裡頭，距離不到兩公尺，況且時間又還沒到，寄物處明明是七點才關門，我們可是提早八分鐘來拿行李的。

他回頭看看背後的鐘，顯示七點一分，我發誓是他的鐘快了！然後他看著我們嘻嘻竊笑，又再說了一次：「歹勢！寄物處關門了！明天請早。」然後關門、上鎖、離開，留下氣急敗壞的兩姊妹，無法置信地張大嘴，瞪著他越來越遠的背影。

十四分鐘後，本來應該載著我們前

往下一站的火車離開了，而我們卻依然手拿寄物處的票根，傻傻地站著，完全不知道該怎麼辦。時間緩緩流逝，黑夜終於降臨，我們回過神，左看右看，注意到有四個女生臉上也是掛著絕望、不知所措的表情，分開站在寄物處附近。走近一點觀察才發現，她們每個人手上也都拿著寄物處的票根。

這就是我們六個人，來自四個不同國家、素昧平生從未碰過面的人，為什麼會一起擠一張床的由來。是的！這是我有史以來睡過最擠的一張床，也是我們六個人掏出身上所有的零錢勉強湊出來的一張床，沒有衣服可以換、沒有牙刷可以用（歐洲旅館不提供牙刷）。

但是，這個意外多出來尼斯的一晚也不是全部都很糟糕。這趟歐洲之行，我和姊姊都住在有宵禁的青年旅館，所以都沒有機會見識當地的夜生活。然而這晚，我們住進了真正的旅館，所以晚上我們就跟其他四個女生一起離開房間，沿著沙灘散步。

就某個角度來看，我還真得謝謝那位法國車站寄物處的工作人員，感謝他給我們機會體驗月光下尼斯的美麗沙灘。雖然身上沒有一毛錢，但我們有相機和好奇心，還有剛剛認識的新朋友。

所以，我和姐姐覺得很安全，並不會因為這件意外而擔心。甚至在路上遇到喝得醉醺醺、走路搖搖晃晃的醉漢，對著我們高唱美妙的法國詩歌，我和姊姊還是不會覺得危險。（或許他們只是模糊不清地胡言亂語，但是對我來說，這些胡說八道的法語聽起來就像美麗的詩歌！。）

最血腥：

最血腥的大概是我和姊姊、媽媽在尼泊爾中北部安娜普娜脊一起睡的那張床，因為有水蛭出沒。我個人似乎對吸血的生物有特別的魔力：蚊子愛死我，我是最佳的防蚊液，只要跟著我，除了我之外不會有其他人被蚊子攻擊。蚊子會盤旋在我周圍，似乎已經擬好戰略，只攻擊我，不攻擊其他人。然後那一天我又發現，原來連水蛭都特別喜歡賴在我身上，吸我的血。

水蛭的牙齒很利，唾液有抗凝血以及麻藥的功能，所以就算被咬也沒什麼感覺。因此，當我和姊姊以及媽咪一起睡在同一張床上，像個小孩一般沉睡的時候，雖然他們跟我一樣都有暴露在棉被外頭鮮嫩的肌膚，但是尼泊爾水蛭像是裝上自動導引系統，只來親近我的腿（幸好只有我的腿而不是其他部位），吸血吸到飽，彷彿我的腳是吃到飽的自助餐廳。但是水蛭有時候還是會讓我感到搔癢，於是我在睡夢中會不由自主的摩擦雙腿，你能想像我把那些吸得飽飽的寄生蟲一一壓扁的聲音和景象嗎？

我醒來時，床上到處是被壓扁的環節動物，以及他們肚子裡的血（基本上那應該是我的血），整個床上血跡斑斑。「好噁！」你一定會這麼説是吧！沒錯！那正是一早醒來，我們母女三人異口同聲説出來的話。

感謝尼泊爾水蛭，還有美麗的喜馬拉雅山區附近的某個村落，那張讓媽媽、姊姊和我一起睡的最血腥床鋪。✈

# How to Pack
## ✈ 打包行李二三事

常常有人問我該如何打包行李？其實每次出門旅遊前我也會問自己同樣的問題。打包的時候我們總是會忘記某些重要的物件，另一方面卻又帶太多用不到的東西。

所以，什麼才是最好的打包方式呢？其實這真的得視情況決定。我知道你一定很討厭我這樣說，有講等於沒講，但是我不是糊弄你，真的視狀況而定。

為了真正幫上你，也為了感謝你買這本書，同時證明我不是信口開河隨便亂說，所以我依照旅遊類型把自己打包行李的秘訣分門別類。但是這只能提供你參考，不算是完整的清單，完整的清單必須加入你自己的意見，因此我特別預留空間讓你寫下自己的秘訣。

打包其實是經驗的累積，對大多數的人來說，該如何打包行李？你需要帶什麼？你認為你需要什麼？你又真正需要什麼等等？這些都必須要等到你有充足的旅行經驗之後才能學會。

我衷心希望你永遠都不需要用到我的這張列表，而有能力列出屬於自己個人的清單，因為這代表你已經親身遊覽與經歷這個美麗的世界。

那麼到底該怎麼打包呢？也許你認為乾淨的內衣褲非帶不可，但是某些人寧願選擇「不穿內褲」好空出位子放個會說會動的星際大戰尤達公仔。所以該放什麼到行李箱裡是沒有規則的，以下是我的建議清單：

● 若不確定到底需不需要它，就不要帶；多數情況下，你用不上。（我發現旅遊時我用到的東西比在家時少很多。總之呢，即使忘了什麼沒帶，多半還是可以在旅行中以合理價錢買到。）

● 絕對不要帶任何你遺失了會傷心得哭天搶地的東西，譬如說貴重或有紀念價值的珠寶、祖傳六代的傳家之寶、無可取代的珍貴照片，或非常喜愛的華麗服飾等等。

● 在床上擺出所有你認為會有需要用到以及想要打包的物品，然後，拿掉其中一半。只裝剩下另一半就好。你真的不需要用到所有的東西。沒有人會注意到你連續兩天或三天穿了同件衣服。相信我。這麼一來，你不但能保留空間、帶著輕量級行李或背包旅行，還有更多的空間能擺放旅程中所有你想買的禮物和紀念品。

● 大家都說除了足跡什麼都不要留下、除了照片什麼都不要帶走，但每次到第三世界國家，我都習慣帶些舊T恤、舊褲子和舊鞋子。這不但能穿得低調些（衣服是大喊「我是外國人！我是阿兜仔！請來搶我、請來佔我便宜吧！」的標誌），而且在遇上需要的人的時候可以送給他們，既有價值又很實用，可以讓他們開心。雖然這並不是什麼大禮，但我卻因此而認識許多朋友。

● 衣服捲起來收納比摺疊的方式好，因為這樣能空出更多空間。

● 多利用真空袋，效果驚人！

● 帶一本好的旅遊指南書、一本好的閒書、一雙好走的鞋、好的方向感或起碼敢問路的膽量、一顆冒險犯難的心、以及一份幽默感。

## 亞馬遜等熱帶雨林區或蠻荒叢林區的打包秘訣

● 強效的防蚊液。我個人偏愛DEET（敵避：化學成分避蚊胺），這東西效果很神奇，但要確保別直接噴在身上，否則肌膚可能會灼傷；也不要在空間小又密閉的場所使用，不然你可能會中毒。不過，蚊子真的非常討厭這東西，因為蚊子討厭所以讓我更愛這玩意！

● 帶蚊帳，但是一定要確認沒有破洞，尤其是在睡前，絕對絕對要確認這點，不然你可能會把蚊子給捕進蚊帳。然後被那惱人的嗡嗡叫搞得整晚睡不著。那種想睡的時候，逼近你耳邊、想要吸你血的威脅，讓人不勝其擾。更氣人的是，一旦開了燈，拿著電蚊拍，準備好來場終極大反撲的時候，蚊子卻消失得無影無蹤。

● 如果可能，我非常非常想把所有衣服都先浸泡在防蚊液裡，然後再穿上。

● 若這還不夠，就買件採蜜人穿的特製衣，把身體包得緊緊的，不讓身體有

任何一部分暴露在外頭，讓那惱人、吸血的食客有機會下毒手。

● 帶相機拍下有如德古拉吸血鬼一般，千方百計想要吸你的血，身體大小有如手掌的蚊子。

● 千萬別帶香水！我再次鄭重聲明，千千萬萬、絕絕對對不要帶香水或任何有果香、花香的化妝水，那會讓你自找苦吃。（你要不就是聞起來香噴噴但全身被蚊蟲咬得像出水痘，或是忍耐幾天的體臭，避免碰不到的尷尬部位被叮得癢癢癢，你自己選吧！）

● 帶瘧疾丸。（它有種相當妙的已知副作用，那就是會讓你感到很有精神、睡覺時做很美的夢。）

● 我想你應該發覺我跟蚊子的仇恨不共戴天，四處征戰叢林或熱帶雨林的探險過程中讓我最難以克服的威脅就是蚊子，我也因此學會如何對付蚊子，練就一身抗蚊大法。每個國家、小鎮、甚至是我遇到的每個人都有自己一套免於被咬的方法——香茅噴霧、百滅寧、檸檬桉油、天竺葵或大豆或椰油製的化妝水、茴香、百里香、丁香油、芹菜萃取、印楝油、維他命B1、大蒜的混合物，我幾乎都用過，未來我也會持續嘗試。事實上如果全身擦上麻油可以讓我免受蚊子的狠毒之吻，我是一點都不會因為我的味道感到丟臉。（沒錯！我的確這麼做過，而且效果很好，但是我聞起來很像一盤經過滷汁浸泡、炒過的鹽酥雞就是！）

● 額外物品：淨水瓶或藥片，以及一些電解液、鹽片或鹽粉。

## 尼泊爾喜馬拉雅山等
## 類似高寒地區的打包秘訣

● 帶雙層防水、健行用的好鞋，以及個人專屬的雪爾帕人。

● 好睡、溫暖又輕盈的睡袋。

● 高山症藥丸或氧氣供應器。（現在有輕型、旅遊用的大小，我愛死這個玩意。）

● 不要吝嗇花錢，因為在這些高海拔地區你的生命隨時都處在危險狀態。你不會想要在那兒生病，然後因為頭痛得快要爆炸而窩在暖和的睡袋裡，因此錯失欣賞美景的機會。

● 最困難的部分就是行李要輕，這真的很矛盾。雖然你需要所有救命的配備，但在海拔四千公尺、屁股被凍得受不了，氧氣、體力、精力不足的情況下，你卻想把所有東西都丟掉，完全不帶任何東西爬上山頂。每增加一公斤的物品都讓人覺得像是多了十公斤。所以，只要帶絕對必要的救命物品就夠了，其餘的都擱到一旁吧。若兩件T恤就夠你過日子了，那就把其餘三件拿掉吧。睡覺時一定要抱在胸口的嬰兒枕頭，我想還是把它留在家裡吧！（這其實是講給我自己聽的，我的寶貝嬰兒枕頭從出生用到現在，沒它會很難睡，既然連它我都可以不帶，你更應該相信我這項建議。）

● 其他物品：大燈、指南針、多功能組合刀或瑞士刀、哨子、反射鏡、打火

## 大溪地蜜月等
## 五星級全包式度假村的打包秘訣

● 除了比基尼、充足的防曬用品、裝紀念品的大空箱，什麼都不要帶。（從早餐到洗泡泡浴的沐浴精，這些度假村通常都會有。所以，你只要想好怎麼曬到最完美的古銅膚色即可。啊！那你好像連比基尼都不必帶去！）

● 買些精緻的紀念品送 Janet。

### 印度冥想／瑜珈修院的打包秘訣

● 什麼也不用帶，因為你必須在那裡自己種點東西長出些什麼來，或者DIY作些東西自己用。

● 好吧！如果不帶點東西不行，那就準備些內衣，這樣就夠了。

● 帶本日記寫下所有可能獲得的啟示和進展，誰知道呢？也許你會發現生命的秘密。無論如何，至少你會探索到某些讓人頓悟的思想，有了這種深刻的體悟，誰還需要衣服或是奢侈品呢？

## 非洲狩獵旅行的打包秘訣

● 多帶點香蕉和新鮮的肉自保，避免牠們因為太餓而吃掉你。

● 不要帶那種鮮豔或八〇年代閃亮亮的衣服，或任何太過都會的服飾；我聽說動物會攻擊品味糟糕的人，會吃掉他們以示警告

## 奢華海灘、Spa旅遊的打包秘訣

把我打包進去吧！
帶我走！

## 鞋子的打包秘訣

好吧，我必須承認，這是我還沒想好的類別。身為一名女人，我從不知道該帶哪雙鞋、不該帶哪雙鞋、該穿哪雙鞋、該打包哪雙鞋、哪雙鞋早在一九八六年時就該丟掉。所以，當我搞懂的時候，我會告訴你。但在我搞懂之前，我還是會有一只單獨裝鞋子的行李箱，而且大概每一次旅行又會繼續買鞋子。我就是無法抗拒鞋子的誘惑！我是個不完美的人，而鞋子，正是我的要害。

不過你真的要確認有雙好穿、好走的鞋子，一雙淋浴時或懶得繫鞋帶時穿的人字拖鞋，也許再加上一雙好看的高跟鞋或正式的鞋子，以備晚宴的不時之需。喔，還有，一雙又舒適、但有點跟、配上裙子或牛仔褲都好看的鞋子。唉！真討厭！

## 我個人的打包清單

（沒有特定順序。）

● 一本好書

● 日記

● 我的枕頭

● 一個拿來拍照用的布偶小狗（我的是Wally和G.B.，他們和我一起旅行四十個國家，在不同的地方跟不同的人一起拍照）

● 相機

● 開放、好奇的心

● 強壯的胃和消化道

● 當地錢幣和一些美金

● 護照

● 多準備些護照大小的照片（有正常、可笑的『不同程度的愚蠢護照相片』）

● 票（飛機、火車、公車、船）

● 緊急聯絡電話（媽咪、爹地、大使館、當地醫院）

● 旅遊指南

我的旅行拍照搭檔小狗Wally

- 防曬品

- 護唇膏

- 眼罩

- 精油

- 防蟲膏、防蟲化妝水、防蟲噴霧或腕套

- 萬能轉接插頭（因為這世界很奇怪，就是有人認為每個國家使用不同的插孔比較有趣，因此各自研發不一樣形狀的插頭與插孔。）

- 分裝用的袋子或盒子

- 藏護照和錢的暗袋

- 超輕、超快乾的毛巾

- 睡袋內襯(sleep liner)

- 耳塞

- 長途健行就帶運動護腕和水泡護具或OK繃

- 笨重的化妝品

- 吹風機

- 電子產品或需要插電的物品

- 貴重珠寶

- 對目的地文化或當地人的預設立場、成見

# Beauty On the Go
## ✈ 旅程中的美麗秘訣

　　即使是身心保持在最佳狀態，要每天氣色良好也不是件簡單的事。尤其是當你在繁忙的機場枯坐兩個小時，然後在看不到盡頭的隊伍中龜速前進，就為了走過Ｘ光機給警衛搜身。

　　好不容易排完隊搜完身，卻又要擠進半公尺寬的狹窄座位裡頭長達六個小時，身邊可能坐了個身材魁梧又很會打呼的傢伙。我想如果你在旅行的過程中遇到這些狀況，「美麗」這個字大概完全不會跳進你的腦海，更別提想讓自己在旅程中「看起來美麗」了。

　　但是撇開這些惱人的過程，許多人還是很希望自己是漂漂亮亮地走在巴黎街頭，所以非常關心旅行中美容保養的問題。

　　關於美容保養的秘訣，你可以從電視、廣播、報章雜誌和網路上取得大量的訊息，但是有時候這些大量的訊息會讓你頭昏腦脹搞不清楚方向。其實每個人都有他們獨門的美容撇步和出門必帶的保養聖品。

　　如果你真的全盤接受這些所謂的獨門建議，那可能永遠都出不了門，因為你的行李箱會跟櫃子一樣大，而且當你把所有的保養品都擦完之後，也差不多該打包搭飛機回家了。

　　為了更深入了解如何在旅途中保持美麗，我請教過幾位全球頂尖的美容專家。第一位是我的祖母，她雖然已經高齡八十八歲了，卻擁有完美無瑕的肌膚。

　　第二位是我媽媽，六十六歲的年齡卻擁有三、四十歲的臉龐，而且柔軟程

度和小嬰兒的屁屁不相上下（有跟我姪兒比較過）。聽過她們的建議之後，我整理出了一套屬於我自己的謝氏出門旅遊保養祕訣。

我們最常犯的錯就是帶太多保養品，帶的比用的多很多，超估實際上需要的量。我們都太很重視面子問題，所以寧願把備用的內衣褲拿出來，換成「高級精美進口專業鼻毛修剪組合」。

所以關於旅行保養祕訣，我的第一個建議就是「不要帶鼻毛修剪組」。基本上，整個假期不拔鼻毛、耳毛或其他私密部位的體毛應該不會造成什麼大問題，除非你有可能會把那些工具挪作其他用途 （總是會有意外的嘛）。

例如除了可以拔鼻毛、眉毛、耳毛之外，還能像馬蓋先一樣當作臨時的螺絲起子、開房門的工具、咖啡攪拌棒或是牙籤，甚至是緊急時候當成炸彈的簡易引爆器。如果你真的會把拔毛組轉作這些用途的話，你就帶著它吧，我還能說什麼呢？

放棄拔鼻毛組其實並不在我本人的美容檔案裡，真正的主題從以下的文章才真正開始：

## 謝氏旅行美容保養秘訣

### 1.潤膚乳液永遠不嫌多：

搭飛機對皮膚有害這件事大家都知道。原因是機艙內的空氣非常非常乾燥，乾燥的空氣會造成皮膚水分急速流失，傷害皮膚。搭飛機的時候，我通常會用小瓶子分裝乳液隨身攜帶，一上飛機以及小睡醒來就擦。除了擦在臉上，也可以抹在手上和其他你覺得特別乾燥的部位。

飛機上通常都有提供濕紙巾，我會用它來擦臉，擦完再抹乳液，這種清潔保養方式對鼻子周圍以及嘴唇的保濕特別有效。

等一下我還會介紹更多保養嘴唇的方法，我們還是回到「滋潤」這個主題。有些人喜歡用液狀保溼噴霧，大約兩小時噴一次就能讓你保持滋潤。如果飛行時間真的很長很長，我會在用餐後與睡覺前的空檔敷面膜，雖然這會讓你看起來像電影裡頭戴著曲棍球面具的殺人狂魔傑森，但是我不在乎。

飛機上敷面膜一定要有不在乎別人眼光的決心，以我豐富的機上敷面膜的經驗，我保證你一定會聽到乘客甚至是空服員，說些嘲笑你的話，但是想想看，兩種面子到底哪個比較重要？

### 2.多用護脣膏：

我個人比較喜歡用有防曬係數的護唇膏，雖然飛機上不會曬到太陽，但是防曬用護唇膏通常都會比一般的護唇膏更厚更油，非常適合長途飛行使用。而且你一定希望自己隨時保持美美的，因為任何時候都有可能遇到像布萊德彼特的大帥哥。

### 3.多帶防曬乳液：

而且是要多帶很多。所有的行李

中，只有防曬乳液我才建議你一定要多帶個一兩條。防曬乳液有很多種，有擦臉的、身體的、防水的、比較不油的、小孩專用的。還有適合每天塗抹的低係數防曬乳液，以及防曬係數高達190,000，屬於專業等級，專門用來對付卡那封、西澳、瑪里巴這些紫外線超高的地區。當然你不必每種都帶，只要帶一種你覺得最好用的就可以。大容量包裝的一條就夠，不必多帶一條。

有時候你還可以把防曬乳液當作潤膚乳液或是防蚊液，所以對防曬乳液不要太過節省，它能避免你痛苦的脫皮或是二度曬傷。聽過「預防勝於治療」這句話吧，預防討厭的皺紋絕對比事後煩惱要怎麼消滅它們容易得多。

### 4.多喝水：

這好像不說大家也都知道，但是當我們真正在旅行的時候，卻常常會忘記補充水分這件事。（喝汽水跟在酒吧喝酒並不會補充體內水分，反而還會讓你更乾燥。）

缺乏水分會讓你覺得好像生病了，容易疲勞身體腫脹（這好像有點矛盾，但是當你缺水的時候，身體會把體內所有的水儲存起來）。說得誇張一點，嚴重缺水還會導致死亡，而且死狀不會太好看，所以多喝水準沒錯。

充足的水分會讓你的皮膚和頭髮變得光澤亮麗，多喝水還能減肥。其實常保青春美麗的頭號秘訣就是生命的基本元素——水，所以大家一起多喝水吧！乾杯！

PS. 謝氏旅行美容保養秘訣編號4½：雖然現在機場嚴格限制帶水上飛機，瓶裝水無法通過機場安檢，但是我還是會帶一個空瓶，上飛機後請空服員幫我裝滿水。飛機上喝水永遠不嫌多。如果你擔心要常跑廁所，怕打擾隔壁的乘客，劃位的時候記得選靠走道的位置。

### 5.多睡美容覺：

通常我都是太懶惰才會說我要睡個美容午覺。但是好好地睡個覺，甚至小睡十分鐘都能讓你恢復精神容光煥發。我出門旅行習慣隨身攜帶眼罩，幫助睡眠。但是這因人而異，我是對光很敏感，而且睡得很淺，所以把眼睛遮起來能讓我自我感覺良好，像是睡在我家舒服的大床上，而不是被侷限在比嬰兒座椅還小的空間裡。

現在還有美容眼罩，當你帶著睡覺的時候，它會輕輕地幫你按摩眼部周圍，讓你睡醒時不會眼睛浮腫。我也喜歡帶一小瓶我愛用的精油，輕拍一點在飯店枕頭、飛機椅子你聞得到的地方，或是浴缸裡，讓你放鬆，好像在自己家裡一般舒適。

PS. 我的秘密：出去旅行我一定帶著我從小用到大的嬰兒枕頭，我一出生就用到現在，靠著它睡覺帶給我安全感。即使是住在只能帶些生活必需品入住的宗教招待會所，我也會帶著它，它就是我的生活必需品。每個人都應該有自己專屬的「安全感枕頭」，可能是小毯子或是絨毛布偶。如果你沒有的話也沒關係，因人而異。寫到這裡，我開始懷疑我是不是童年缺乏安全感，才這麼需要我的嬰兒枕頭？

### 6.善用小容器：

旅行的時候，我喜歡把東西分裝，特別是乳液、卸妝水和化妝品等等，打

包行李的時候順便分裝在小瓶子裡，貼上標籤讓你方便使用。

你也可以用這個方式攜帶適量的沐浴乳或是洗髮精之類的清潔用品，然後每次出門前記得再作補充就可以，否則你一定會想把整個浴室都帶走。

但千萬記得不要使用按壓式的容器去分裝，你會給自己帶來超乎想像的麻煩。不管你確認多少次有沒有關好瓶口，到最後一定還是搞得你整個背包都是。如果不想花錢買小瓶子，有些飯店裡的洗髮精、護髮乳和沐浴乳的瓶子剛好適合旅行使用，你可以把它們帶回家。但是我建議你把原本的東西倒掉，換成你平常用的，這對你的皮膚和頭髮比較好。

你也可以去購物中心的化妝品專櫃要一些試用品，那些小包裝很適合兩三天左右的短程旅行使用，而且你也正好找到機會試用，選擇你以後想用的品牌。

### 7.嘗試一絲不掛：

有時候什麼都不穿可以讓你在旅途中保持美麗，你可能覺得我瘋了，覺得我一下飛機一定立刻被逮到警察局作筆錄。其實我的意思是臉上一絲不掛，不要塗抹任何東西，讓皮膚好好休息。既然你的身心都在度假，不如讓你的皮膚也好好放個假。如果你沒化妝真的羞於見人的話，那就化淡一點。反正你也又不必在飛機上走伸展台，大可不必化上大濃妝見客，用一點膚色的遮瑕霜就可以。相信我，你的皮膚一定會感謝你的。

#### 抗菌乳、濕紙巾或抗菌噴霧

我們的手上多少都會帶有細菌，所以除非你有自信你的手不會碰到臉以及其他敏感部位或是嬰兒，不然還是花點錢買一瓶帶著吧！

有清潔效果的，清涼提神的或是嬰兒用的濕紙巾，在想洗手卻沒水的時候、累了一天想洗個臉順便涼快一下的時候或是去些廁所不提供衛生紙的國家的時候都很管用。嬰兒用濕紙巾可以用來擦拭嬰兒的屁股，保證也可以用來擦你的臉。現在還有一種抗菌功能的濕紙巾，萬一你覺得廁所的把手很噁心，你也可以先用濕紙巾擦一下再去開門。

#### 品質優良的臉部清潔用品

你的臉會習慣特定幾種清潔用品，所以並不建議你使用飯店提供的肥皂來洗臉，因為那會讓你的臉更加粗糙跟乾燥。

#### 免沖式護髮乳

飯店提供的洗髮精或潤髮乳都很廉價，所以空間夠的話，帶瓶免沖洗式護髮乳。有些人甚至會在上機前使用，然後用帽子或圍巾把頭髮包起來，這樣下飛機時頭髮就能非常的清新柔順。

#### 牙刷、牙膏或薄荷漱口水

我喜歡帶小容量的口腔用品上飛機，因為那會幫助你入睡 （人是慣性動物，相信大家都已經習慣睡覺前刷牙）。在降落前也可以清潔一下口腔，以乾淨清爽的面貌與一口好口氣見人。

### 口香糖、口氣清新劑

如果你忘了或是懶得帶口腔用品，至少你也要有口香糖或是口氣清新劑，除非你想用整晚沒洗的口臭嚇跑你的客戶、親朋好友或是海關。如果你運氣好遇到大帥哥會是大美女時，口香糖還可以當作緩和尷尬氣氛的工具呢！

### 乾淨的襪子

有些人在飛機上容易覺得熱、容易流汗，有些人則是覺得冷，我指的是腳不是身體或心理。脫下鞋子，換上一雙乾淨舒適的襪子會讓你感到很舒服，也可以避免你的腳臭在機上的空氣循環系統中不斷攻擊其他人。

### 輕薄的外套或圍巾

飛機上通常都會比較涼，外套或圍巾不但能保暖，還可以當作枕頭或靠墊。去到較保守的地區時，也可以隨時用來遮掩過於暴露的地方；參加佈道大會之類的正式場合還可以臨時充當裙子；遇到突如其來的大雨還可以當雨傘；遇到前男友或女友還可以用來把臉遮住（地球是很小的，難保你在路上不會遇到）。

### 衣物柔軟精

這是一個讓你連續好幾天穿同一件衣服也不會被發現的小秘訣。在行李箱裡放一點衣物柔軟精會讓衣服聞起來像是剛洗完烘好的。但是如果你的衣服發霉了，那你可能得要想想其他辦法。

我知道這跟美容祕訣沒什麼關係，只是很囉婆地想提醒你，不要忘了帶一雙舒服的鞋、一本好書、一些維他命跟眼藥水。

最後這個建議只是建議，我本人沒試過，因為不太想當白老鼠。或許你已經知道，甚至親身體驗過、認證過，如果你真的試過而且真的有效，麻煩想個辦法通知我，我會比較有勇氣嘗試。我聽說飛機上廁所的馬桶座紙墊的材質跟藥妝店，或是高價的美容用品專櫃的吸油面紙一模一樣，只是用途跟包裝不太一樣，還有形狀也不太一樣，馬桶座紙墊是以馬桶座的形狀出現。

既然材質一樣，理論上效果應該也一樣。所以如果你臉很油又沒帶吸油面紙，就拿一張馬桶座紙墊敷到臉上吧，以馬桶座紙墊的面積來看，它應該可以徹底把你臉上的任何一滴油給吸乾淨。

終於全部講完，以上就是我的美容祕訣。我想我大概是少數幾個可以把美容祕訣講成一場災難的人，不過就像我一開始就強調的，這麼多美容秘訣有時候真的會讓你不曉得該相信誰，也不知道究竟哪一個祕訣會把你徹底毀滅。

現在，不論是浪漫度假、騎著馴鹿在阿拉斯加自助旅行、搭飛機繞過半個

地球、或是開車南下過週末，有了謝氏旅行美容保養秘訣你再也不必擔心了。

　　不管怎樣舟車勞頓或是風塵僕僕，你的臉一定會看起來完美無瑕，你可以瀟灑自信地走下飛機、車、船或是馴鹿，但是麻煩優雅走下飛機、車、船或是馴鹿之前，請先確定沒有馬桶座紙墊的小碎片黏在臉上。

**Beauty**
**On**
**the Go**

janet

# Just the Right Number of Kisses
## 親幾下才不失禮

除了母親以及過度熱情的阿姨（她永遠搞不清楚狀況，會對附近所有的小孩施以窒息之吻，同時附贈噴了過量香水的熱情擁抱，我猜她至少噴了超過十次在 Kmart 大特價時買的香水）之外，我第一次和其他人親吻是在十一歲的時候。

而且不是只親一個人，短短的兩分鐘內，我大約和三十個人親吻，不是我親別人就是別人親我，兩分鐘三十人。

對一個十一歲的小女孩來說，不！我想應該是對任何人來說，都太過量了！

那一次是我真正開始學習以親吻方式互相問候，而且因為我正在一間聚集了三十位跟我一樣年輕的小提琴初學者的房間中，所以我也接受了三十次以上的親吻。

事情發生在我第一次和我的小提琴老師，以及德州名家小提琴團體一起出國表演，行程包含法國、德國、荷蘭和瑞士。在巴黎機場，我們這群青澀、興奮、喧鬧的孩子一出海關，措手不及的馬上受到接待家庭和他們子女的熱情歡迎。

當時的我們都還保留著珍貴的初吻，然後突然莫名其妙地被捲入親吻的漩渦，奉獻出每一個小朋友的第一次。那時候才體會到歐洲的親吻文化真是博大精深。

在歐洲親吻是感謝與歡迎的一種表現方式，有時一次有時兩次，有時左邊開始有時右邊開始。我們學著把身體傾向前去親吻，但是當默契不好的時候，

兩人會一起側向同一邊，於是不斷發生鼻子撞鼻子的狀況。我們在整趟的歐洲之旅中，還學習到在不同國家、不同的節慶、不同的心情、不同的時間，可以隨時修正次數，進行高達三、四次以上的親吻打招呼方式。

　　為了避免類似的困窘與尷尬，你應該要熟悉各國關於親吻的文化。我從個人對「國際親吻學」的研究結果，幫大家整理出一張清單，上面清楚記載各地的親吻或其他問候習俗。不過如果我是你，我不會照本宣科熟讀這張清單然後照著做。因為有時候突如其來的、不恰當的親吻會是打破尷尬開始話題的好方法。不過我之所以勸你不要全部照著作真正的原因是，有些項目是我個人的體會，上不了台面，你看看就算了。

**阿根廷：**
　　如果妳是女的就兩個吻，男的則是一個。

瑞士：
　　從右臉開始，三個親吻。或者，吃起司火鍋掉了麵包時，要親吻同桌的人，或者喝了太多烈酒配起司鍋，就必須要親吻整個餐廳的人。

法國：
　　不同地點，有一至六個不等的親吻（不列塔尼是三個吻，蔚藍海岸的話，五到六個吻都很正常）。

**維多利亞時代：**
　　維多利亞時代的禮儀（如果你能搭特殊交通工具回到過去）：男士會親吻女士的手背。

一分鐘的吻可以燃燒26大卡，所以，快去親吻吧！

紐約（不過就快變成世界潮流）：在臉頰上親一個，或是飛吻。

西班牙、多數南美國家：一個非常熱情的吻（特別是那個男人或女人很正。）

英國：站在適當的距離之外點頭、小聲地說嗨。

義大利：隨你喜歡，多少個吻都可以。（但要注意，年長的義大利人會緊抓著你的臉，讓你幾乎無法呼吸，而且會猛力把你的臉湊到他臉上，好讓他們不需要移動任何一公分，但在此同時，你或你的頭卻會移動約一公尺，因血液都擠在腦袋無法呼吸，幾乎光速的移動速度會讓你感到有些激動、暈眩。）

美國本土的傳統：握手。（親吻在有些地方是非法的。蓄有鬍子的男人在印第安納州不得「習慣性地親吻人類」；在康乃迪克州哈特福德週日親吻妻子是違法的；在愛荷華州錫特拉皮茲親吻陌生人是非法行為。）

日本：鞠躬。越低越好，最好碰到地板。

泰國：把雙手合十並放在胸前，且輕輕地點頭。

**比利時：**

同年齡的一個吻；大你十歲以上的長輩則要連親三次以示尊重。

**奧地利和斯堪的那維亞半島：**

標準是兩個吻。

**荷蘭：**

開始和結束都是在同一側臉頰。標準是三個吻。不過，若是遇到長者，你可能會多加幾個吻，最多達七個，以表示你最大的敬意。

**阿拉斯加：**

磨鼻子。因為如果有太多肢體接觸，怕會身體凍僵然後黏在一起。（可是很奇怪的是，玻里尼西亞和馬來西亞也是磨鼻子。）

**紐西蘭（毛利人）：**

類似上述磨鼻子的習俗，但可以先吃點薄荷糖，然後抓起另一人的手、同時壓在前額和鼻子。吹氣、分享呼吸。

**德州：**

用力拍擊彼此的後背。如果你沒準備好承受牛仔式問候，你會被打翻、臉朝下跌倒在地上。也可能是熊式擁抱，如果你是接受的一方，會因為對方的全力擁抱而感覺快要窒息；換句話說，你的臉有時候會被甩進對方腋下，但你不可以因此感到不悅，因為這是一種熱情的表現。

**夏威夷：**

會有某些古老的舞蹈儀式與較現代的衝浪文化融合而成的風俗，最後大家再圍成圈跳舞。

**加州：**

做任何紐約客不做的打招呼方式。

**非洲部落：**

親吻酋長走過的路。

**墨西哥和中美洲當地的白額鸚鵡：**

鎖住彼此的鳥嘴、輕柔地挑起彼此的舌頭作為挑逗。然後公鸚鵡會立刻反芻食物到母鸚鵡嘴裡，證明牠的深深愛意。

## Who Needs to Learn How to Say "Hello" When You Can Say...
## ✈ 比Hello更實用的問候語

關於語言學習這件事，我們的第一次接觸通常是從哈囉（Hola、Konichiwa、你好）、謝謝（Merci、Kamsahamnida）開始。當然啦！媽媽一天到晚告誡你好孩子千萬不能學，偏偏又特別容易讓人印象深刻，歸類屬特殊「問候語」的髒話也是一種選擇啦！不過為了保持形象保住我的飯碗，關於這方面我就不詳細舉例了。

可是一定要這樣嗎？一定要從問候或是感謝開始嗎？其實你還有很多很多的選擇。就像現在我要告訴你的這一句話，除了擺脫問候與感謝的魔咒，重點是非常實用，經濟實惠、物超所值。無論你是去到世界上哪個角落、待在哪間旅館、遇上哪個人，這句話絕對直接切入重點，一定用的上，我個人掛保證你一但學會絕對會開口說。

這一句話就是：「不好意思！請問廁所在哪？我拉肚子，快挫賽了！」

是不是很實用？而且放諸四海保證都很準。好吧！如果你怕對方有可能是豔遇的對象，想留給對方一個好印象，那你可以把「挫賽」拿掉。

別以為我在開玩笑，為了多賣點書所以瞎掰，我可是非常認真。這句話不但救過我無數次，也救了我好幾條心愛的牛仔褲。

我之所以會從這句話開始學習語言並不是我常常有突發性腹瀉，而是經驗中在旅行時常常就這麼巧，在最緊急的時候偏偏附近沒有廁所，然後你開始雙腿交叉、全身顫抖猛冒冷汗，括約肌最多再十分鐘就會鬆弛徹底解放，偏偏你又剛穿上新買的CK內褲。然後你心急如焚地察看地圖，發現最近的公廁必須走十八分鐘，十八分鐘減去十分鐘，到公廁之前八分鐘可愛的CK內褲即將完全報銷沒得救。

如果這時候你找個在地人用當地的語言説出：「不好意思！請問廁所在哪？我拉肚子，快挫賽了！」當地人一開始或許會十分驚嚇，無法立刻反應，等到他們恢復意識，察覺到你可能威脅周遭環境的時候，他們會立刻而且親自護送你到附近最快最方便的廁所。我發誓有幾間很棒的廁所，就是當地人帶我去的。（很奇怪有些地方的人會隱藏最好的公用廁所，然後不讓觀光客知道，而且常常發生。）

　　想想看，再十分鐘就要一瀉千萬里這樣緊急的時間內，你不但有私人專屬的在地保鑣護衛你去上廁所，而且還可能因此交到一個當地朋友。因為他們一定對你很好奇，你到底是哪裡來的傢伙，為什麼會説當地話的「拉肚子」或是「挫賽」這幾個字。

　　關於旅行的各種演講或是資料，很少會提到與廁所相關的話題。可是你有沒有仔細想過，上廁所是多麼重要的人生大事。為什麼我們會記得在哪裡睡得最安穩、哪一間飯店的床單最舒適、在哪裡吃到讓人讚歎的美食、買了什麼禮物回家給最愛，卻完全忘了哪間廁所最讚，或是哪間廁所最讓人懷念之類的。

　　上廁所是每天甚至每個小時都在發生的事情，是我們生活中重要的部分，為什麼卻老是被放在最不重要的角落或是直接遺忘呢？我個人覺得，我們應該花點時間好好的討論一下，尊重一下攸關每個人屁股的大事。

舉例來說，你想過為什麼會發明衛生紙嗎？因為不是每個國家都有擦屁股的習慣。例如絕大多數的印度人會在馬桶邊弄個水龍頭，上完廁所直接用水清洗。你或許認為那很不衛生，但是印度人覺得用手拿衛生紙擦屁股不用水洗才是骯髒呢。

而蹲式馬桶，讓人可以蹲著上廁所，這種蹲著上廁所的馬桶只有在亞洲，西方人都是坐著上廁所。

你有沒有想過是因為蹲式馬桶讓亞洲人蹲著上廁所？還是因為蹲著上廁所才發明蹲式馬桶？是因為西方人小腿比較長，沒辦法蹲著方便，所以才有坐式馬桶，還是因為坐著上才讓西方人的小腿比亞洲人長呢？當你仔細去探究各國的廁所文化，會覺得這些問題還滿有趣。

為了解決你的疑惑，免得你晚上睡不著，我就告訴你關於衛生紙的小小資訊。用紙清理屁屁的偉大想法起源於中國，但是真正製作屁屁專用紙，把衛生紙量化販賣是在二十世紀的某個時間，某位天才突然發現，為什麼不能把寫東西的紙，和廁所用的紙分開來呢？

很難想像吧！很難想像沒有衛生紙的生活，也很難想像就在一個世紀前，你每天都必須想辦法解決擦屁股的問題，最少一次，或是兩次，甚至是五六七八九次。

許多人習慣帶著雜誌、報紙或書本（好比你現在讀的這本）進廁所消磨時間，趁著空檔吸收新知，想想事情等等。但就在二十世紀之前，衛生紙還沒發明上市的時候，這些本來是用來閱讀的書本，應該是經常完完整整地被帶進廁所，然後少個幾頁出來（假設你是來自過去的人然後在一八四五年讀這本書，或是剛好整個廁所只有這本書是紙做的，那我會建議你用45-48頁。那幾頁的質地比較好、特別軟）。

哈哈！其實是因為我只花三個小時就寫完那幾頁，所以我不會太介意讓他們有其他更重要的用途，例如清理你的屁屁之類的。所以啊！我們都該誠摯的感謝，感謝發明衛生紙的人。

大家應該對廁所文化有多一點的瞭解跟興趣了吧！現在就讓我們來一起學習我最愛的這句話：

**不好意思！**
**請問廁所在哪？**
**我拉肚子，快挫賽了！**
Excuse me.
Where is the toilet?
I have explosive diarrhea.

## 西班牙語

Disculpe, donde esta el baño?
Tengo una diarrea explosiva

## 法語

Excuse-moi, ou est le salle de ban?  J'ai diarrhea

## 帛琉語

Nar ger a benjo. Agoo ma diil.

## 北印度語

क्षमा कीजिये, बाथरूम कहाँ है?
मुझे जोर से दस्त लगी है.

## 德語

Bitte entschuldigen Sie mich. Wo ist die Toilette? Ich habe explosiven Durchfall.

## 荷蘭語

Excuseer me. waar het toilet is. Ik heb explosieve diarree.

## 日語

すみません。トイレはどこですか？
私は下痢です。

## 台語

歹勢，便所底叨位？我挫賽！

## 韓語

실례합니다? 화장실이 있는 곳에.
나는 폭발성 설사가 있다.

## 阿拉伯語（由右至左讀）

؟ عذرتني. اينَ تكُون غُرفه الحَمَّام
أنا أتلقى إسهال.

## 瑞典語

Ursakta, Var ar toaletten? Jag har diaree.

## 匈牙利語

Elnezest, hol van a toalett? Hasmenesem van.

## 希伯來語（由右至左讀）

؟סליחה, איפה השרותים
יש לי קלקול כיבה נוראי

## 俄語

Извините меня? где туалет. Я имею взры вно понос.

## 希臘語

Συγνώμη; πού είναι η τουαλέτα. Έχω την ε κρηκτική διάρροια.

## 瑞士德語

Ägsgüsi. Wo isch s'WC? Ich han explosive Durchfall.

# The End of the Beginning

二〇〇四年 十二月的某一天，我的日記片段……

早上很冷，我一整天都處於激動的情緒之下，累垮了，到現在還無法定下心來。下午跟小月碰面，一起去Discovery試鏡的地方。

一到那裡，就有人帶我們到會議室，問我們要找誰，並且遞給我們名片。他姓謝，我說我也是，他說：「妳不是某某某？」他露出困惑的神情，又問了我一次名字跟我要找的人。他一連問我好幾次是否找對地方，因為我以為Tim是導演（結果他是製作人），我一再表示我與導演約好今天碰面，要討論Discovery旅遊生活頻道的工作，謝先生則表示公司裡沒有導演。

嚴重溝通不良的情況持續約五分鐘，我開始覺得非常失望、非常愚蠢又非常緊張。更糟的是，我還帶了朋友小月一起來，現在才發現我可能搞錯了！是我自己搞不清楚狀況，真是對不起小月，現場讓人既難堪又失望。

謝先生表示他去請老闆過來，然後Tim走進來了。他看著我說：「就是她……」他說有人把我的名字弄錯了，並表示我是獲選的主持人。

小月開玩笑說，不管他們以為我叫什麼名字，只要臉孔對就行了！哈哈！我當時還不確定是否應該相信這真的是事實，因為不敢再抱任何期望。

於是，我又問他好幾次我是不是獲選的主持人。最後，經過幾分鐘的懸

疑，一些緊張的笑聲，我差一點昏倒，
心臟快要跳出來的情況下，終於肯定一
切無誤，我確實是獲選的主持人。呼！

　　我實在無法用筆墨形容當時的想
法，我已經準備接受殘酷的現實——我
不是獲選的人，因為我一直不敢承認自
己獲選，不敢相信整件事，故意讓自己
置身事外，以免因為失望而大受打擊。
然而，我很高興開始的不順都只是一場
烏龍，我確實是Discovery評選出來的
主持人！

　　關於之後我在台灣的旅行，那又是
另外一段精彩人生⋯⋯

*To be continued...*

**Chic** 嬉·生活
C1019

## 帶一百支牙刷
## 去旅行 ✈

作　　者：Janet Hsieh（謝怡芬）
譯　　者：李景白
編　　輯：蘇芳毓
英文編輯：Christine Hsieh
　　　　　Sean McCormack
校　　對：李國祥
美　　編：林怡伶
出 版 者：英屬維京群島商高寶國際有限公司台灣分公司
地　　址：台北市內湖區洲子街88號3樓
網　　址：gobooks.com.tw
電　　話：(02) 27992788
E - m a i l：readers@gobooks.com.tw（讀者服務部）
　　　　　pr@gobooks.com.tw（公關諮詢部）
電　　傳：出版部　(02) 27990909　行銷部　(02) 27993088
郵政劃撥：19394552
戶　　名：英屬維京群島商高寶國際有限公司台灣分公司
發　　行：英屬維京群島商高寶國際有限公司台灣分公司/Printed in Taiwan
初版日期：2010年1月

Janet帶一百支牙刷去旅行 / Janet著. --
初版. -- 臺北市 ：高寶國際, 2010.01
　　　　　面 ；　公分

　ISBN 978-986-185-357-4(平裝)

855　　　　　　　　　98015316

travel&living
旅遊生活頻道

有請老外瘋台灣
導遊 Janet 帶頭玩！

瘋台灣

全新一季《瘋台灣》每週日晚間 **8** 點首播　　　　週四晚上 **10** 點重播

新一季的瘋台灣，Janet 改當地陪，要帶法國人品紅酒、帶日本人泡溫泉、帶荷蘭人回紅毛城⋯依據他們母國
的文化特色、與個別的專長嗜好，設計專屬的行程；看熱情的 Janet，如何感染這群阿兜仔一起愛上台灣！

| 節目內容 | 12/27 英國演員遊苗栗 | 1/3 法國廚師嚐海鮮 | 1/10 德州老鄉遊北海岸 | 1/17 美國攝影師遊馬祖 |

# EMILY

# CAN MOVE

排汗透氣的戶外鞋,加上舒適彈性的功能服;
人生在融入海天一色的自然時,當下的汗水淋漓,
才真正充滿了感動與快意···

ww.thenorthface.com.tw

可愛　浪漫

典雅　知性

哪一種感覺

是妳夢想中的自己

美麗不需要原因

Empress6

為您找到

Cinderella的夢幻衣

專屬訂製服務

服務專線:(02)8773-0606

傳真專線:(02)2752-8136